EL HIJO DE TODOS

Cathy McGough

Stratford Living Publishing

LO QUE DICEN LOS LECTORES...

DE ESTADOS UNIDOS

"El hijo de todos de Cathy McGough es un thriller psicológico que te tendrá intrigado hasta el sorprendente final".

"Vaya, definitivamente no esperaba ni podría haber predicho el final de esta historia".

"Una historia bien construida y guiada por la trama".

"Hubo muchos giros y vueltas, y justo cuando lo tenías todo resuelto, te quitaban la alfombra de debajo de los pies".

"Me quedé atónita a mitad del libro, lo que me hizo pensar realmente: ¿QUÉ?

DEL REINO UNIDO

"Una historia muy bien escrita y con mucha garra".

"Creía que lo tenía todo resuelto, pero estaba muy equivocada".

"Una lectura agradable con algunos giros sorprendentes por el camino".

DE CANADÁ:

"La trama me pareció intrigante y disfruté leyendo el libro hasta el final".

"Fácil de leer, de ritmo rápido y con una premisa interesante".

DESDE INDIA:

"Un thriller agradable y bien escrito".

TABLA DE CONTENIDOS

Por los niños.

POEMA

LA MUÑECA DE PAPEL

La muñeca de papel se enreda en el torbellino del viento

Vaciada de emoción gira y gira

dando vueltas y vueltas, piruetas de bailarina

Rememorando los fracasos y arrepentimientos de la vida.

Intentando escapar frenéticamente de sus garras

En sus oídos el viento susurra violación.

La muñeca de papel se desgarra de miembro a miembro

Un mero recuerdo de lo que podría haber sido.

No siente dolor porque es sólo una niña

No siente nada.

Escucha el llanto de los niños mientras dan vueltas en la cama

En los sueños de su sueño

Protégelos de los torbellinos de la vida.

Corred, niños corred,

Ya no hay cadenas que os aten.

Protégelos de los torbellinos de la vida.

Capítulo 1

BENJAMIN

BENJAMIN, DE DIECISIETE AÑOS, era un empleado concienzudo. Sobre todo desde que abandonó el instituto. Dos veces al día, seis días a la semana visitaba el banco. Por la mañana, para sacar dinero. Por la tarde, para ingresar la recaudación del día. Iba y volvía sin problemas: hasta aquella mañana en particular.

Lo que le llamó la atención fue una mujer. Pavoneándose con tacones altos, destacaba como un maniquí en la playa. Las etiquetas doradas de su bolso y sus gafas de sol reflejaban la luz, haciéndola rebotar y moverse como luciérnagas. Sobre el hombro de su vestido negro sin mangas llevaba un pañuelo rojo.

Los ojos de Benjamin siguieron la corriente del pañuelo hasta que llegó al extremo del brazo extendido de la mujer. Agarrada a él había una niña que se esforzaba por seguirle el ritmo. El brazo de la niña, quizá de siete años, también se extendió hacia atrás. A él estaba atada una cosa: una muñeca desgarbada de tamaño natural. Se dio cuenta de que la cara de la muñeca y la de la niña eran idénticas. Entonces se dio cuenta de que el brazo extendido del muñeco también se extendía hacia atrás, hacia nada ni nadie. Las piernas desgarbadas y los zapatos del muñeco se deslizaban por la acera y venían detrás.

Curioso, siguió al extraño trío mientras doblaban la esquina en dirección al paseo marítimo del lago Ontario.

La mujer se detuvo, tiró del brazo del reticente seguidor y luego aceleró el paso. La pequeña tropezó con el suelo sin soltar la mano de su muñeca. Se puso en pie sólo para recibir una bofetada en la mejilla. Una bofetada cuyo sonido le hizo estremecerse al parecer reverberar.

La mujer caminó rápidamente cuando el pío de la niña se convirtió en un chillido. Se inclinó hacia atrás, susurrando al oído del niño: resultan lágrimas silenciosas.

Colocando el dedo en la marcación rápida 911, evaluó la situación. Si fuera un hombre adulto, le daría su merecido. En lugar de eso, continuó siguiéndolos. Observando. Se preguntaba por qué tanta prisa.

El muñeco que iba saltando por detrás con una sonrisa de dientes le dio escalofríos, así que cruzó al otro lado de la carretera. Siguió observando al extraño trío. En concreto cómo contrastaba el pañuelo rojo de la mujer con su vestido y su pelo negro como el cuervo. Parecía fuera de lugar, como si se dirigiera a una sesión fotográfica para una revista con dos niños a cuestas.

Espera un momento. El tipo de muñeca le resultaba familiar. Su jefe, Abe, a veces encargaba muñecas similares a través de su tienda. Normalmente en los meses previos a Navidad.

Las muñecas se diseñaban y enviaban desde Europa. Cada pedido requería una foto de la niña. En ella se debía reproducir la complexión, el color del pelo y de los ojos. En el reverso de la foto se anotaban detalles como la altura, el peso y el número de calzado.

Fue entonces cuando se dio cuenta de por qué la niña tenía problemas. Llevaba en los pies unas sandalias brillantes, de las que envuelven el tobillo. En cuanto a las sandalias, eran bonitas, pero inadecuadas para caminar a paso rápido. Para su gemela, las sandalias no suponían ningún problema mientras tiraban de la muñeca por la acera.

Cuando llegaron al primer banco del parque, la mujer ya se había calmado. Se rió cuando ayudó a la pequeña a quitarse la mochila. Luego se aseguró de que estuviera cómodamente sentada antes de ocuparse de la muñeca. Le dobló las piernas y la colocó en posición sentada.

Se acercó más, haciendo fotos de la orilla hasta que su teléfono vibró. Era Abe, comprobando cómo estaba.

"¿Dónde estás?" había enviado Abe. Abe era el jefe y casero de Benjamin. Abe era muy estricto con las rutinas.

"Alineación, B vuelve lo antes posible", envió el chico.

La respuesta de Abe fue un emoji de pulgar hacia arriba.

La mujer se arrodilló, de modo que quedó frente a frente con el niño.

El adolescente hizo una foto panorámica completa del horizonte del lago Ontario, desde la Torre CN hasta Burlington.

"Cariño, se me ha olvidado la cartera", le dio unas palmaditas en la mano a la niña. "Ahora vuelvo, te lo prometo".

La niña permaneció callada, jugueteando con sus sandalias.

"¿Te duelen los pies, cariño? Siento que hayamos tenido que darnos prisa. Puedes descansar aquí y estarás bien cuando vuelva a recogerte. Espera aquí, ¿vale?".

La niña asintió y bajó las piernas. Incapaz de tocar el suelo, se quedó quieta.

"Mientras yo no esté, no te muevas de este banco". Miró a su alrededor. "Y no hables con nadie. Recuerda que tenemos una palabra secreta. ¿Sabes cuál es? Shh, no me lo digas. La recuerdas, ¿sí?".

"¿Y si tengo que", susurró el niño, "hacer pis?".

"Aguanta hasta que vuelva. No tardaré. Cuanto antes me vaya, antes volveré". Se levantó y enderezó la espalda.

El pequeño la agarró del brazo: "No te olvidarás de mí, ¿verdad, mamá? ¿Como la última vez?"

La mujer suspiró y susurró.

"Querida". Acarició la mano de su hija. "Te he recogido del colegio a tiempo noventa y nueve veces y siempre recuerdas aquella vez que llegué tarde". Respiró hondo y dio un paso atrás.

"Lo siento, mamá".

El adolescente estaba sentado en un banco cercano, hojeando las fotos que había hecho. Levantó la vista cuando la mujer se volvió. Su expresión facial parecía ahora más infantil, con la barbilla levantada hacia delante.

"Esta vez sé el camino a casa", dijo su hija con una sonrisa burlona.

La mujer resopló, se volvió y abrazó a su hija. "Ahora tengo que irme, cariño".

"No soy un bebé".

"Sé que no lo eres. Espera aquí, espérame. Volveré. Cruza el corazón". Hizo la mímica de cruzar el corazón y se alejó.

"Hasta pronto, mamá", dijo la niña. Torció el cuello, viendo cómo crecía la distancia entre ella y su madre.

La adolescente la miraba con los ojos llenos de lágrimas. Después de todo, era una buena madre, o mejor de lo que él pensaba.

La madre se dio la vuelta y le sopló un beso a su hijita, y luego siguió caminando.

Su teléfono volvió a vibrar. Abe. Tenía que ir al banco.

La niña abrió la cremallera de su mochila, sacó un libro y empezó a leer. Durante un minuto o dos, la observó. Era bonito cómo movía los labios para pronunciar las palabras.

Miró el reloj. Ahora que estaba más seguro de que su madre volvería como le había prometido, fue al banco.

Era la única forma de impedir que Abe viniera a buscarlo. Si Abe tenía que salir de la tienda para buscarle...

No quería pensar en ello.

Capítulo 2

JENNIFER WALKER

CUANDO ESTUVO A UNOS metros de distancia, Jennifer volvió a mirar a su hija, que permanecía en el banco como le habían ordenado. Odiaba dejarla allí sola, pero ¿qué otra opción tenía después de lo que había hecho? Abrió la cámara del móvil y sacó una foto de su hija. La foto mostraba a su hijita enmarcada por el cielo más azul y el agua aún más azul del lago Ontario. Contenta de que su hija no se moviera, se volvió en la dirección por la que habían venido.

Mientras regresaba, pensó en su compañero Mark Wheeler. Llevaba un tiempo saliendo con él, aunque sabía que ya estaba casado.

En general, al menos cuando salían en público o cuando su hija estaba cerca, era amable y gentil.

Pero había una faceta distinta de él cuando estaban a solas y el sexo estaba en el menú. Cierto, a veces disfrutaba con el bondage, incluso con algún azote erótico. Sin embargo, la asfixia erótica llevaba las cosas demasiado lejos. La sensación de sumergirse en el agua, abajo, abajo, abajo. Jadear como si nunca fueras a volver a respirar era algo que la asustaba. Así que, esta vez, se puso firme y se negó a hacerlo. Mark siguió adelante y se lo hizo mientras ella iba a ducharse. Cuando volvió, estaba muerto. Estaba demasiado asustada para quitarle la bolsa de plástico de la cabeza. En lugar de eso, se fue a la habitación de su hija y pasó allí la noche y, a primera hora de la mañana, salieron de casa.

Sonó su teléfono, por fin era él. "Tienes que ayudarme", le dijo. "No tengo a quién recurrir".

"¿Es Mark?", le preguntó su amigo Poncho, también chófer de Mark.

Ella sollozó. "Sí".

"Vale, voy enseguida. Estoy a unos quince minutos. Aguanta".

Para distraerse, le vino a la mente un recuerdo de Katie recién nacida, mientras revivía la primera vez que la tuvo en brazos. Su hija era el angelito más pequeño, suave y hermoso que jamás había visto. Crecía muy deprisa. Jennifer odiaba dejar a su hija sola en los muelles, pero tenían que deshacerse del cadáver. Sobre todo con la conexión de Mark con la comunidad y con el mundo de la droga. Aunque les dijera la verdad, nunca la creerían. El padre de Mark tenía mucho dinero y ella no podía arriesgarse a ir a la cárcel. ¿Qué le pasaría a su bebé?

Se rió, pensando en las veces que había acusado a su madre de hacer tonterías por hombres que no valían la pena. Miró al cielo: "Mamá, lo siento, ya que esto que he hecho se lleva el premio". La historia siempre se repetía. Saberlo no la hacía sentirse mejor.

Deja de castigarte, tonta, pensó. Volvería a por Katie antes de que se diera cuenta. Además, en su mochila su hija tenía un libro. La muñeca, a la que llamaban Katie Jr. mientras su hija intentaba averiguar cómo llamarla, le daba escalofríos. Se la había regalado. Le compraría otra muñeca y tiraría esa a la papelera.

Ya casi en casa, Jennifer vio una furgoneta blanca esperando en la entrada. Poncho metió el coche en el garaje y lo cerró. Entró por la puerta principal y dejó pasar a Poncho con la esperanza de que su entrometido vecino de enfrente estuviera ocupado.

Capítulo 3

KATIE

Después de leerle el libro a su muñeca dos veces, Katie lo guardó. Observó a las gaviotas mientras volaban hacia arriba y luego hacia abajo tan deprisa que hundían el pico en el agua. A veces volvían a subir con un pececillo en el pico. Aplaudía cuando esto ocurría. Más de una vez, la gente que pasaba por allí se paraba a ver qué aplaudía y se unía a ella. Katie se sentía menos sola.

"Es tan mona", le dijo una pareja joven. Como eran desconocidos, ella no dijo nada, pero siguió observando las gaviotas.

Pasó el tiempo, mientras el sol bajaba poco a poco por el cielo y un policía se detuvo. "¿Va todo bien?"

No hables con desconocidos", le dijo la voz de su madre. Pero era un policía. Era alguien en quien se podía confiar en tiempos difíciles. "Estoy esperando a mi madre. Volverá enseguida".

El policía debió de creerla, pues se quitó el sombrero y siguió caminando.

"Gracias", dijo ella, esperando ver a su madre caminando hacia ella. Cerró los ojos y volvió a abrirlos, esperando un resultado diferente. No hubo suerte.

Katie se alisó el vestido rojo por delante. Levantó un poco la manga donde el elástico la pellizcaba y le dejaba una marca. Se balanceó hacia delante y hacia atrás. El mero movimiento hizo que la parte del tobillo de sus sandalias se tensara, así que dejó de mover las piernas.

Anoche Mark y mamá la habían metido en la cama. Entonces oyó ruidos. Cuando eran fuertes -gritos- la asustaban, pero no lo suficiente como para impedir que se durmiera.

Su mamá siempre decía: "Katie, podrías dormir durante un tornado". Eso la hacía reír.

Cuando salieron de casa esta mañana, mamá dijo que Mark se quedaba a dormir. Por eso tenían que vestirse y salir de casa a toda prisa.

Cuando las cortinas se movieron al otro lado de la calle, Katie dijo: "Está mirando otra vez, mamá".

"No te preocupes por ese viejo murciélago entrometido", dijo su madre, tirando de su hija junto con la muñeca que llevaba la retaguardia.

Mark no era el verdadero padre de Katie, pero venía mucho. A veces le compraba cosas, como la muñeca. Cuando venía, su madre estaba contenta, al principio. Luego se iba y su madre decía que no volvería nunca. Pero siempre volvía.

La niña vivía en un estado constante de confusión. Los hombres iban y venían. Aun así, quería a la muñeca que era su gemela.

El problema era cómo llamarla. No podía llamarla Katie Dos porque las gemelas no tienen el mismo nombre de pila. Aunque hacía tiempo que la tenía, la muñeca seguía sin tener nombre.

La niña no echaba de menos tener un padre la mayor parte del tiempo. Los niños no suelen echar de menos algo que nunca tuvieron. Hasta que la sociedad se lo recuerda, por ejemplo en un almuerzo del Día del Padre en el colegio.

"¿Serás mi papá, en la escuela, para el Almuerzo del Día del Padre?". preguntó Katie a Mark.

"Me encantaría, cariño", respondió él.

"Pero Mark es un hombre ocupado", dijo su madre.

Cuando llegó el Día del Padre, Katie era la única niña que no tenía a nadie. Otros niños sin padre llevaron a sus abuelos, hermanos o tíos. Katie, que tampoco tenía nada de eso, estaba aún más angustiada.

Cuando Katie rompió a llorar en la mesa, su madre llamó al director. Exigió que el colegio prohibiera por completo los actos del Día del Padre.

Katie no quería que se cancelara para todos. Sólo quería inclusión. Si Mark hubiera estado allí, todo habría ido bien para todos.

Una gaviota se acercó en picado. El pájaro hizo caca a media altura, dejando un recuerdo. Salpicó los vestidos de la niña y la muñeca. Katie se secó primero las lágrimas de los ojos. Luego hizo lo mismo con la muñeca.

Deseó que su madre se diera prisa en volver.

Capítulo 4

BENJAMIN

YA ERA TARDE Y Benjamin se dirigía al banco. Miró en dirección al paseo marítimo: ¡la niña seguía allí! Había tenido razón en su intuición inicial: la madre era una madre vergonzosa. Dejar a una niña sola en el paseo marítimo todo el día era abandono.

Se apresuró a ir a la orilla. Tenía que deshacerse de la recaudación del día antes de que cerraran. En lugar de arriesgarse a esperar, depositó el dinero en el cajero y volvió a ver cómo estaba la niña.

Abe ya le había enviado dos mensajes preguntándole dónde estabas.

Al principio le había parecido emocionante introducir a Abe en la tecnología, pero ahora era un coñazo. No es que Abe desconfiara de Benjamin. De hecho, el hombre y su mujer eran los tutores legales de Benjamin. Aunque Abe se dedicaba al negocio de las personas, vendiendo productos al público, no era una persona sociable.

"Necesito 2 t/c de algo 1º", respondió el adolescente.

"Vale, dokie", respondió Abe. "¡Tengo que llamar a la mujer para que salga de la cocina a ayudar!".

Se rió entre dientes antes de enviar un emoji apropiado mientras volvía para ver cómo estaba la niña.

Capítulo 5

KATIE

KATIE PERMANECIÓ EN EL banco del parque. En el horizonte podía ver que el sol se estaba poniendo. Se hacía tarde. Su madre se había olvidado de ella, otra vez. La niña tuvo que orinar y pensó en volver a casa andando. Conocía el camino, pero no tenía llave. Deseó haberse puesto sus zapatillas o unas sandalias menos pellizcadas.

No quería estar fuera cuando oscureciera. Incluso ahora imaginaba sombras formándose a su alrededor, formadas por los reflejos de las nubes. Cuando graznó un cuervo, dio un respingo y se estremeció. Una mariquita le subió por la pierna hasta el vestido. Se la llevó al dedo y la dejó subir por el brazo, hasta que dejó un rastro amarillo al caminar.

"No pasa nada", le susurró al insecto, "todo el mundo hace pis". Depositó el bonito insecto rojo en el banco y salió volando.

Le rugió el estómago, hurgó en el bolso y sacó un mini-Kit-Kat derretido. Sabía muy bien, pero deseó que no fuera un mini y que su madre volviera pronto.

La niña fingió dar de comer a la muñeca y luego volvió a la lectura.

Había leído el libro tantas veces que su mente volvió al principio del día, cuando su madre le dijo que hoy no iría al colegio.

"¿Por qué? "Quiero ir al colegio".

"Hoy vamos a ir al paseo marítimo. Miraremos los pájaros, escucharemos las olas y después iremos a la cafetería a por chinos para bebés".

"Ya no soy un bebé", protestó Katie.

"Ya sé que no lo eres, pero ¿no te siguen gustando los Baby Chinos?".

La niña levantó la barbilla, pensando en Baby Chinos. Ahora ya era mayorcita, y cuando su mamá viniera a recogerla, pediría en su lugar un batido de fresa extragrande.

"Será muy divertido", resonaba en sus oídos la voz de su madre.

"Será muy divertido", repitió la niña. Luego su mente divagó: "¿Puedo llevarla?". había preguntado Katie. Se refería a su muñeca.

"Sí, puedes, siempre que la lleves todo el camino de ida y todo el de vuelta. Y recuerda que también llevarás la mochila".

"Vale, mamá, lo haré". Katie pasó los brazos por las correas de la mochila y rodeó la cintura de la muñeca con los brazos.

Sobre ella, un grupo de gansos canadienses en forma de V surcaba el cielo tocando la bocina. Se dio cuenta de que el sol se había puesto un poco más.

Se estremeció y cogió la mano de la muñeca entre las suyas cuando se acercaron unos pasos. Pertenecían a una persona que, cuando la vio, se dio cuenta de que no era ni un niño ni un hombre, sino algo intermedio.

Se rodeó con los brazos. Mientras el sol se ocultaba más, deseó tener un jersey o un abrigo. Observó que el chico/hombre no llevaba ninguno de los dos. Su camiseta negra tenía una roca en la parte delantera, y bajo ella las palabras ¡ZOOM! le recordaban al programa de televisión del mismo nombre. El chico/hombre tenía un bronceado dorado en la cara y los brazos. Llevaba vaqueros negros y zapatillas.

Se acercaba la oscuridad y ella deseaba que su madre regresara y la llevara de nuevo a casa. Hasta entonces, deseaba que el chico/hombre le dijera algo, cualquier cosa.

Aunque se suponía que no debía hablar con extraños, el sonido de la voz de otra persona cuando se sentía así la reconfortaría. Aunque lo más probable era que al chico/hombre le hubieran dicho lo mismo: no hables con extraños.

Por otra parte, si le hablaba, probablemente lloraría. No quería que pensara que era un bebé, porque si lo hacía, llamaría a la policía y se enteraría de que no era la primera vez que su madre se olvidaba de recogerla.

Cogió su libro y lo utilizó como pared para que el chico/hombre no viera cómo se le caían las lágrimas.

Capítulo 6

BENJAMIN

PASÓ DE LARGO, PARA ver si ella le hablaba, no había dicho ni una palabra, pero parecía muy triste, luego se escondió detrás de su libro. Siguió caminando y se escondió entre los arbustos detrás de ella para poder vigilarla sin que se diera cuenta.

Una vez, recordó, cuando él y los otros niños estaban jugando fuera, pasó un hombre. Se detuvo y habló con una de las niñas, luego volvió en su coche e intentó convencerla para que entrara. Benjamin corrió y contó lo ocurrido a sus padres adoptivos. Incluso memorizó el número de la matrícula, lo que les permitió denunciarlo a la policía.

Fue una de las pocas veces que le hicieron caso y a él y a los demás niños les prohibieron jugar en el jardín delantero.

Aquella niña estaba en una situación terrible y pronto empeoraría cuando oscureciera del todo. Sí, había una farola cerca del banco, pero eso la hacía más vulnerable. Era tan visible como un faro en una tormenta.

Rozó con la mano el arbusto de hoja perenne. El dulce aroma de la Navidad le trajo recuerdos de tiempos pasados. Como la primera Navidad en casa de Abe y El. Le habían hecho más regalos que los que había recibido en todas sus Navidades juntas.

Sacudió la cabeza, preguntándose si debería llamar a la policía. No, esperaría un poco más. Quería equivocarse. Quería que su madre volviera a buscarla. Decidió darle un poco más de tiempo.

Separó las ramas, sus agujas rasposas le producían picor.

La madre y el padre de Benjamin nunca le habrían dejado solo así. No a propósito. Murieron cuando era un niño, lo dejaron huérfano, sin que ellos tuvieran la culpa. Los accidentes ocurrían, sí, él sabía de accidentes. Un accidente lo explicaría todo.

La niña tenía frío y tiritaba mientras el sol caía cada vez más bajo en el horizonte.

Al no tener abrigo que ofrecerle, lo único que podía ofrecerle era una cara amable, pero primero tenía que idear un Plan A. Y cuando lo tuviera bien claro, necesitaba un Plan B.

Se acuclilló tras los arbustos para pensar.

Capítulo 7

KATIE

W HOOSH, WHOOSH, OYÓ MIENTRAS el viento hacía cosquillas en los árboles a medida que el día se convertía en noche. Oyó ruidos detrás de ella, pero tuvo miedo de darse la vuelta. En lugar de eso, agarró la otra mano de la muñeca y las estrechó contra su pecho.

Recordó una vez en que su madre decidió darle una lección. Habían estado en el cine. Ella dijo que compraría más palomitas.

"No hables con nadie y no te des la vuelta".

"Vale, mamá".

Desde la última fila, lo que Katie no sabía era que su madre la estaba observando. Ella y otro hombre, que no era Mark, esperaron hasta que ella se dio la vuelta.

"¡Ja!", la regañó su madre.

"Ah, déjala en paz", había dicho el acompañante de su madre cuando Katie rompió a llorar.

Más tarde salió del teatro y tuvieron que coger un taxi para volver a casa.

La madre de Katie prometió no volver a jugar a ese juego. Se abrazó a sí misma.

Capítulo 8

BENJAMIN

DESPUÉS DE ELABORAR MENTALMENTE los planes A y B, pensó en lo que diría. "Todo va a ir bien", se susurró a sí mismo. No, sonaba cursi. "Te llevaré a un lugar seguro", susurró, ¿la asustaría? Al fin y al cabo, era un desconocido. Era una situación delicada y no quería decir algo equivocado.

Al mismo tiempo, también tenía que pensar en su propia seguridad. Era un adolescente, que salía tarde, en un parque público. Vigilaba a una niña y se aseguraba de que no sufriera ningún daño. Los demás podrían malinterpretar su presencia.

Por no mencionar que los chicos solos en espacios públicos podían meterse en todo tipo de situaciones. Sobre todo si

de chicos que quisieran asaltarlo o provocar una pelea.

Una vez, hacía mucho tiempo, había sido perseguido implacablemente por una turba de ese tipo, y sólo había conseguido escapar porque corría más deprisa. Sólo pensar en ello le traía de vuelta todos los terrores. Se abrazó a sí mismo.

Estableció un límite de tiempo. Si nadie viene a buscarla en treinta minutos -susurró-, hablaré con ella".

Cuando pasaron los treinta minutos, repasó los planes. Plan A: se ofrecería a ayudarla acompañándola a casa. Plan B, si ella no sabía su dirección, él se ofrecería a llevarla a comisaría. En cualquier caso, no abandonaría el muelle hasta que aquella pobre niña abandonada estuviera en algún lugar, a salvo.

Capítulo 9

KATIE

Se incorporó, alertada por unos pasos en la distancia. Tacones altos. El corazón se le hinchó. ¡Su madre volvía por fin a recogerla!

Levantó la muñeca y miró la farola que había sobre ella. Imaginó que la luz descendía y la calentaba. Deseó haberlo pensado antes, porque ya no tenía frío. La imaginación era algo mágico; siempre podías pensar que las cosas malas desaparecían.

Recordó otras ocasiones en las que su madre la había abandonado. Una vez había sido la única niña que quedaba en la escuela al final del día. Uno de los profesores se dio cuenta y la llevó a ver al director, como si ella hubiera hecho algo malo. No lo había hecho.

Más tarde, cuando su madre fue a recogerla, el director se enfadó.

En otras ocasiones, su madre la había dejado durante largos periodos de tiempo con personas conocidas. Esta vez era distinto. Estaba sola.

Los tacones altos chasqueaban cada vez más cerca.

Capítulo 10

BENJAMIN Y KATIE

BENJAMIN CRUJIÓ EN EL arbusto de hoja perenne, observando a la niña. Para él, era como una hermana pequeña, aunque no se conocieran de antes. Era sabio más allá de su edad. En el sistema de acogida tenía que proteger a los demás. Una o dos veces tuvo que ponerse en peligro porque nadie le escuchaba. Miró el teléfono y respiró hondo. El segundo periodo de treinta minutos había terminado. Entonces iría a verla.

Los tacones chasquearon en el pavimento.

Asomó la cabeza por entre los arbustos, apartando una rama con la mano. Quería ver el esperado reencuentro feliz. Esta mujer no era la madre. Siguió caminando.

Suspiró.

Hasta que la mujer se volvió y se acercó a la niña que estaba en el banco. Se inclinó y le susurró algo.

"Lo siento, pero no se me permite hablar con extraños", dijo Katie, echándose hacia atrás.

La mujer olía como si se hubiera bañado en el apestoso vino tinto que mamá y Mark bebían en copas de lujo. Se tapó la nariz con los dedos.

"Me llamo Jenny", dijo. "¿Cómo te llamas tú?".

No habló, sino que siguió tapándose la nariz para ahuyentar el olor.

"Eres demasiado joven para estar aquí sola. ¿Dónde están tus padres? La mujer miró a su alrededor y susurró: "Ven y dime tu nombre, así dejaremos de ser extraños".

Benjamin no oía nada, hasta que la mujer dijo: "¡Levántate!".

Y en un instante, estaba allí, como si hubieran lanzado una granada.

La mujer, llamada Jenny, extendió la mano e intentó obligar a Katie a que la cogiera, pero ella seguía sujetándose firmemente la nariz con una mano y la muñeca con la otra.

"¡Ahí estás!", dijo, señalándola con el dedo índice. "¡Te he dicho que cuentes hasta diez y luego vengas a buscarme!".

"Yo", dijo ella, "lo siento".

"Tut", dijo la mujer llamada Jenny, mientras rebuscaba en su bolso y sacaba el teléfono. Se lo puso en la oreja, empezó a hablar y se alejó. En la oscuridad, resonó el ruido de sus zapatos.

"¿Te importa si espero aquí contigo?", preguntó él. Ella asintió y él se sentó en el banco junto a ella. Cuando ya no se oía el ruido de los tacones, dijo: "PU, ahora sé por qué te tapabas la nariz".

"El olor es malo, pero sabe aún peor".

"¿Has probado el vino?", preguntó.

"Una vez, es un secreto. Mamá no lo sabe".

"Tu secreto está a salvo conmigo", dijo. "¿Quieres que te acompañe a casa?".

"Estoy esperando a mi mami. Vendrá a recogerme pronto". Le tembló la voz y se miró los pies.

"¿Hay alguien a quien pueda llamar para que te recoja? ¿Alguien?"

"No. Mamá siempre viene".

"Entonces, ¿no te importa que espere aquí contigo?

"Como quieras", dijo Katie.

El trío se sentó junto en el banco del parque. Una niña rubia con una muñeca parecida y una adolescente morena.

"¿Cómo te llamas?", preguntó ella. "Me llamo Katie".

"Yo soy Benjamin, pero puedes llamarme Benji, si quieres".

"Una vez vi una película con un perrito llamado Benji. Parecía desaliñado, como tú".

Se mesó el pelo con los dedos.

"Oh, no era mi intención", dijo ella. "Quiero decir que no pareces demasiado desaliñado".

Él se rió y ella también. Durante un rato escucharon el golpeteo de las olas contra las rocas y observaron las estrellas que danzaban en el cielo sobre ellos.

Ella se estremeció.

"Ay, qué frío tienes. Ojalá tuviera un abrigo para darte".

"No importa, lo que cuenta es la intención".

"Tienes razón, es el pensamiento. Pero también son las acciones y las intenciones que hay detrás de los pensamientos que los inspiraron. Lo que quiero decir es el seguimiento. ¿Entiendes lo que quiero decir?". Ella asintió.

Se sentaron juntos en silencio durante unos instantes antes de que Benjamin volviera a hablar.

"¿Sabías que puedes pensar lo contrario de lo que sientes y cambiarlo todo?".

"Sé que la imaginación es poder", dijo ella enarcando una ceja. "¿Pero cómo?"

"Ah, ¿eres escéptica?".

"¿Lo soy?", vaciló. "¿Qué soy?"

"Un escéptico es una persona que no cree lo que ha oído, a menos que tenga pruebas. ¿Quieres que te enseñe cómo, para cambiarlo todo?".

Ella sonrió: "¡Sí, por favor!".

Él empezó: "Cuando tengo frío, canto una canción en mi cabeza que es opuesta a tener frío...".

"¿Quieres decir cálido?"

Asintió con la cabeza.

"No conozco ninguna canción cálida".

"Si no conoces una canción cálida, invéntate una como ésta:

Hoy hace un calor ridículo,

Mi helado se está derritiendo.

Mientras el sol brilla

Mientras el sol brilla
El chocolate al derretirse
Sabe aún mejor
Con el sol brillando
Con el sol brillando tan cálidamente".

"Conozco la melodía, pero tiene otra letra", dijo ella.

"Ah, has reconocido que le cantaba la letra a Frère Jacques".

"Eso es muy inteligente", dijo ella.

"¿Ya tienes más calor?"

Había dejado de temblar y la piel de gallina de sus brazos había desaparecido. "Funciona".

Siguieron cantando juntos la canción, al son de Frère Jacques. Pronto cantar sobre comida les hizo sentir hambre a los dos.

"¿Sabes silbar?", preguntó él.

Ella se miró los pies. "No, pero no necesito saber cómo, no si conozco la letra".

"Cierto", dijo él.

Volvieron a mirar al cielo. Cuando ella encontró al hombre en la luna, fingió que estaba

que le arrancaba un trozo de queso de la cara. Primero le ofreció un bocado a Benji.

"Es el mejor queso que he probado nunca".

Dio otro mordisco: "Estoy tan llena", exclamó con un suspiro".

Estuvieron un rato en silencio.

"¿A qué distancia vives?"

"No está lejos, pero con estas sandalias puestas -pellizcaban- parecería que sí. Además, no tengo llave".

"Ah, sí, ya veo que tienes los tobillos rojos".

"Además, mi mami me dijo que no me moviera de este sitio".

Se cruzó de brazos. "Vale, esperaremos, pero no es seguro para nosotros quedarnos aquí mucho más tiempo".

"¿Y tu madre y tu padre?", preguntó ella, que empezaba a sentir frío de nuevo y cantaba la canción del sol en su cabeza.

"Están en el cielo".

"Lo siento", dijo ella, dándole unas palmaditas en la mano.

"No pasa nada, ocurrió hace años". Se quedó callado, cantando la canción soleada en su cabeza. "Tengo una idea. Podrías venir a mi casa. Podrías dormir en la cama y yo dormiría en el sillón grande y cómodo. Podríamos volver por la mañana y esperar entonces a tu madre".

"Cuando vuelva mi madre, si me he movido un centímetro, se enfadará".

"Se lo explicaré todo. Ella querrá que estés en un lugar seguro. Estarás a salvo conmigo".

"Oh", dijo ella, mirando a su alrededor. "Está oscuro".

"Sí, y cuando es tarde y está oscuro... bueno, puedes estar en el lugar equivocado en el momento equivocado. Pueden ocurrir cosas terribles".

Se cruzó de brazos, sintiendo frío de nuevo.

"No quiero asustarte, pero creo que debería llevarte a casa. Quizá tu madre ya esté allí esperándote".

"No lo creo, pero...".

"Merece la pena intentarlo", se puso en pie. "Veamos qué piensa tu muñeca". Dio unos pasos y se inclinó, como si la muñeca le susurrara al oído. "Ah, sí", dijo. "Lo sé, pero seguro que la mamá de tu amigo lo entendería. Hmmm. Sí".

"¿Qué dice?"

"Ella también quiere irse a casa. Ha sido un día muy largo". Luego a la muñeca: "Pero a Katie le duelen mucho los pies, tendríamos que dejarte aquí para que yo pudiera llevarla a casa a caballito".

"No podemos dejarla aquí. Es mi mejor amiga".

"Y es una buena amiga, haciéndote compañía aquí todo el día".

Miró su teléfono, la batería se agotaría pronto. No podía cargar con ella y la muñeca a la espalda. ¿Debía llamar al 911 para que viniera la policía a recogerla? Caminar hasta la comisaría era una opción, pero estaba bastante lejos.

"¿Conoces el camino, hasta tu casa?".

"Creo que sí".

"Vale, Katie, te propongo el Plan A".

"¿Qué es el Plan A?"

"El Plan A es que te lleve a casa a cuestas, para que no tengas que andar y te hagas más daño en los pies. Si tu mamá está en casa, volveré y te traeré tu muñeca. ¿Te parece bien?"

"Sí, me gusta el Plan A".

"Ahora el Plan B", dijo. "Si tienes un Plan A, siempre deberías tener también un Plan B".

Ella descruzó los brazos y asintió.

"El Plan B, sólo si tu mamá no está en casa, podría ir en un sentido o en otro".

"¿Qué camino me gustará más?", preguntó ella, y luego esperó a que él respondiera.

Reconsideró las opciones. ¿Debía llamar a la policía, o llevarla a casa y volver por la mañana? Se lo explicó.

"En cualquier caso, tengo que dejar la muñeca aquí, ¿no?".

"¿Qué tal si la escondemos allí, en el arbusto de hoja perenne? ¡Será como si te estuviera esperando bajo el árbol de Navidad! Luego, podemos volver por la mañana y recogerla. Olerá a Navidad y podrá contarte toda su aventura".

Se inclinó hacia ella y la muñeca susurró algo. "De acuerdo", dijo.

Una parte de él esperaba que su madre estuviera en casa. A la otra le preocupaba dejarla con una

madre que no se molestara en recogerla. Oyó la voz de El en su cabeza. No juzgues", decía. Como siempre, esperaba que El tuviera razón.

El estaba casada con Abe. Eran sus tutores legales, sus caseros y sus jefes. Desde que dejó el instituto, pasaba la mayor parte del tiempo con ellos y sabía que lo entenderían y querrían ayudarle.

Benjamin bajó el brazo y se inclinó ante ella. "Mi señora, ¿está preparada para que la transporten a casa?".

"He olvidado algo", dijo ella, con el labio en un mohín.

Él arqueó las cejas: "¿Qué has olvidado?".

"Se supone que no debo hablar con desconocidos".

"Sí, bueno, ya no somos extraños. Sabes mi nombre y yo sé el tuyo, y estoy encantado de ofrecerte transporte de vuelta a tu humilde hogar". Se arrodilló.

"¡Levántate!", ordenó ella, riendo entre dientes, mientras se ponía de pie sobre el banco. Benji se dio la vuelta, ella le echó los brazos al cuello y pronto se pusieron en marcha.

"Espera un momento", ordenó, señalando a la muñeca.

"Uy", dijo Benji, recogiendo la muñeca. La escondió bajo los arbustos de hoja perenne.

"Tienes razón", dijo Katie. "Aquí huele a Navidad".

"¿Ya está todo listo?"

Después de que ella le dijera lo que era, Benjamin tecleó la dirección de Katie en su teléfono.

Ella soltó una risita. "¿Te importa si te hago una pregunta?".

"No, adelante".

"Es personal, sobre tu mamá y tu papá".

"No me importa, ocurrió hace mucho tiempo. Pregunta".

"Mamá siempre me dice que no debería ser demasiado personal".

"Me parece bien".

"¿Tú, hablas con ellos?"

Se sorprendió. Nadie le había hecho nunca esa pregunta. "No", respondió.

"¿Nunca, jamás?"

"No".

"Gira otra vez aquí". Se volvió. "¿No crees que se sienten solos sin ti?".

"Yo", no sabía qué contestar, así que no lo hizo durante unos minutos. "Me dejaron, sola. Fue un accidente, pero...".

"¿No hablas con ellos porque crees que el accidente fue culpa suya?". Ella se agarró con más fuerza, apoyando la cabeza en su hombro.

"No estoy enfadada con ellos. No me abandonaron a propósito, pero sí, estoy enfadada".

"¿Con Dios?"

"Estaba enfadada con todo el mundo, pero entonces conocí a los Julius. Me acogieron y me dieron un hogar. Me ayudaron a construir una nueva vida. A volver a formar parte de una familia. Incluso me dijeron que estaba bien llorar. Como niño, no estaba acostumbrado a que estuviera bien. Eres una niña pequeña, así que no debería cargarte con mis problemas. Creo que deberíamos hablar de otra cosa".

El angelito no dijo nada durante unos minutos. Estaba profundamente dormida.

Pronto descubrió que ella tenía razón sobre la distancia. No había sido demasiado lejos.

Lo primero que notó enseguida fue que su casa estaba totalmente a oscuras. Al menos esperaba ver encendida la luz del porche para dar la bienvenida a la niña. En cambio, también estaba completamente a oscuras y le resultó difícil

encontrar el timbre. Tocó varias veces, pero no hubo respuesta, como esperaba.

Dio un paso atrás y recorrió con la mirada todas las casas circundantes a ambos lados de la calle. También todas estaban sumidas en la oscuridad, aunque por un segundo le pareció ver moverse una cortina en el piso superior de la casa de enfrente. Al no tener otra opción, volvió por donde había venido.

La pequeña Katie no era pesada, pero lo sería más a medida que pasara el tiempo y llegar a su casa seguía siendo un largo paseo. Sin embargo, estaba muy contento de no haber aceptado cargar con la muñeca. Esperaba que estuviera lo bastante segura donde estaba.

Ella levantó la cabeza: "¿Te has dado cuenta?".

"¿De qué?"

"A veces la cortina se mueve al otro lado de la calle. Mamá dice que tenemos un vecino cotilla".

"No me he dado cuenta de nada. ¿Son buenos vecinos?"

"No lo sé. Mamá siempre me dice que no hable con extraños".

"¿Incluso con tus vecinos?"

"Sí, sobre todo nuestros vecinos cotillas".

"Vale, Katie, creo que ahora pasamos al plan B".

Ella bostezó. "Plan B".

"Sí, milady", dijo él, acelerando el paso. Ella roncó sobre su hombro, mientras sonaba una sirena. Cerró los ojos cuando el viento levantó polvo y trozos de papel. Un perro ladró a lo lejos.

Ella levantó la cabeza cuando llegaron a la puerta principal de los Julius. "Ya hemos llegado", dijo, "pero shhh, El y Abe están durmiendo. Mi apartamento está ahí arriba". Señaló las escaleras. Cuando llegaron arriba, ella roncó ruidosamente. Le quitó las sandalias que le pinchaban y la metió en la cama.

Estaba medio dormida: "Tengo que hacer pis", dijo.

Le indicó dónde estaba el cuarto de baño y luego fue a la cocina, donde les preparó bocadillos tostados de queso y cacao caliente.

"¿Dónde estás, Benji?", preguntó ella cuando salió del baño.

"Aquí mismo", dijo Benjamin, llevando los bocadillos y el cacao en una bandeja.

Después de comer, Katie bostezó de lo lindo y se acomodó para irse a dormir. La arropó y se dio cuenta de que ya estaba profundamente dormida.

Se quitó los zapatos y los calcetines y se echó una manta encima en el cómodo sillón. Él también se durmió enseguida.

Capítulo 11

BENJAMIN Y ABE

POR LA MAÑANA, CUANDO el primer atisbo de luz se abrió paso a través de las cortinas, Benjamin se despertó. Se estiró y por un momento olvidó por qué dormía en el cómodo sillón. Se quitó la manta y cayó al suelo hecha un bulto. Se levantó y, aunque era un hombre joven, le dolía el cuerpo. Tendría que cambiarle el nombre al sillón, pues ya no lo consideraba un sillón cómodo.

Se sacudió los dolores y sus ojos se posaron en Katie. Susurró su nombre, aunque ella estaba roncando. Como si supiera que estaba pensando en ella, levantó la mano. Pensó que debía de estar soñando con la escuela. Ella murmuró algo inaudible, bajó la mano, se volvió hacia la ventana y volvió a dormirse.

Benjamin la dejó seguir durmiendo, dejando la puerta entreabierta para poder oírla si se despertaba.

Mientras se alejaba de su puerta, se preguntó si sería el tipo de niña -como había sido él- que se asustaba al despertarse en un lugar desconocido.

Como había dicho que su madre la dejaba a menudo con otras personas, pero siempre volvía a por ella, prefirió pecar de precavido por si acaso.

En el cuarto de baño se arregló, y luego puso la tetera a hervir en la cocina. Le apetecía una taza de té dulce y caliente, y unas tostadas con mantequilla.

Mientras esperaba, pensó en las familias y en cómo las preguntas de Katie habían despertado en su mente algunas cuestiones sin resolver.

Sus padres habían muerto, dejándolo huérfano. Se dio cuenta de que les culpaba por haberle abandonado, aunque no fuera culpa suya. Como no tenía más parientes consanguíneos, entró en el sistema de acogida. Se

se encerró en sí mismo, se protegió en ese sistema después de que su primera experiencia hubiera sido en un hogar abusivo.

Tras aquella experiencia, había pasado de ser un niño afligido a uno aterrorizado. Luego, en vez de trasladarlo a un hogar seguro, lo trasladaron a uno aún peor. Y luego a otro y a otro. Entonces pensó que se merecía la mala suerte, pero ahora sabía que allí deberían haberle protegido. En lugar de eso, no tenía a nadie en quien confiar, y se puso en modo lucha o huida. Como era demasiado pequeño para luchar por sí mismo contra todos los adultos y otros niños de las casas, hizo lo segundo. Quizá por eso sintió la necesidad de culpar a sus padres después de tantos años, porque tenía que culpar a alguien además de a sí mismo.

Después de huir, le atraparon y, de nuevo, le metieron en un hogar donde le maltrataron tanto física como mentalmente. En algunos casos, prefería lo físico a lo psicológico. Y de nuevo, huyó luchando por no volver a confiar en nadie.

Entonces, por pura casualidad, se encontró con El y Abe. Estaban dando un paseo nocturno, cogidos de la mano. Eran mayores, quizá el doble que sus padres. Cuando les abrió su corazón, El le abrazó. Le dio de comer. Abe escuchó. El le invitó a dormir en su habitación. Desde entonces, nunca salió de su casa, salvo cuando se mudó de la habitación de invitados a su propio apartamento. Fue el día de su decimotercer cumpleaños.

Mientras removía el té y añadía azúcar, pensó en la madre de Katie. ¿Habría vuelto? ¿Estaría allí cuando Katie se despertara? Esperaba que así fuera. Esperaba que estuviera tan contenta de que su hija estuviera a salvo. Tan contenta y aliviada de que no volviera a abandonarla. Pero los malos padres siempre eran malos padres. Los leopardos no cambiaban sus manchas.

Se imaginó a la madre de Katie encontrando la muñeca escondida entre los arbustos. ¿Se asustaría y llamaría a la policía? Sus huellas estarían por todas partes. Aun así

no cambiaría nada aunque pudiera, porque lo único que quería era ayudarla.

Con la taza en la mano, se paseó. Quizá debería haber llevado a la niña a comisaría. Ahora podría encontrarse en apuros. Aunque los adolescentes dijeran la verdad, dijeran la verdad, los adultos no les creían. No si había otro adulto implicado.

Bebió otro sorbo, mientras alguien llamaba a la puerta de su apartamento. Era el Sr. Julius, Abe, su tutor, casero y jefe. "Ven conmigo, shhh", dijo mientras Abe lo seguía escaleras arriba hasta su apartamento. Benjamin le mostró a Abe un vistazo de la dormida Katie. Como ella le había quitado las mantas, él entró de puntillas y volvió a ponérselas por encima. En silencio, volvieron a la cocina.

"¿Quién es?" preguntó Abe.

Benjamin vaciló, preguntándose por dónde empezar. "Se llama Katie, y su madre no la recogió

del muelle ayer. No sabía qué más hacer, así que la traje aquí".

Abe le dijo a Benjamin que debería haberla llevado directamente a comisaría.

Benjamin negó con la cabeza. "Estaba demasiado cansada y asustada". Se levantó y desenchufó el teléfono que estaba recargando: "Ahora puedo llamarles".

"Espera", dijo Abe. "Vamos a pensarlo ahora que está aquí". Sorbieron más té en silencio. "Has hecho lo correcto. Estoy orgulloso de ti".

"Katie y yo hablamos anoche de llevarla a comisaría. Decidimos esperar, darle a su madre otra oportunidad esta mañana. Además, dejamos allí su muñeca. Es de tamaño natural, una de las importaciones navideñas que vendéis".

Abe sonrió. "¿Ah, sí? No la recuerdo, pero quizá El sí. Aunque seguro que no somos el único negocio que vende muñecas".

"Cierto", dijo Benjamin. "¿Más té?"

Abe asintió y, tras un momento de silencio. "Supongo que todos los padres merecen una segunda oportunidad, pero si no aparece esta mañana, llamaré a la policía".

Benjamin añadió más té a la taza de Abe. Dudó y luego susurró. "Si la madre de Katie denunciara su desaparición después de que yo la trajera aquí, me estarían buscando. Incluso podrían detenerme si volviera a recoger la muñeca".

"Espera un momento", dijo Abe. "¿Te vio alguien?"

"Una mujer, intentó que Katie fuera con ella".

"¿Y nadie más?"

"Un agente charló brevemente con ella a primera hora del día, pero no volvió. No me vio con ella".

"No tiene sentido preocuparse por los "podría" y los "podría"", dijo Abe. "No podías dejarla allí toda la noche. Es una negligencia absoluta, por no decir un delito por parte de su madre. Si ignoraras a la niña, serías cómplice". Sorbió. "Aunque hiciste lo correcto, el secuestro de dicha niña también es un delito".

Benjamin tragó saliva: "Yo, yo, la traje aquí, a un lugar seguro".

Abe palmeó el dorso de la mano del adolescente. "Lo sé, y tú lo sabes, pero ¿creerá la policía tu historia?".

Benjamin apartó la mano poniéndose en pie. Empezó a caminar. "Cuando despierte, la llevaré directamente adonde la dejó su madre. Se lo explicaré a su madre. Ella lo entenderá. Haré que lo entienda".

Abe también se levantó. Cogió su taza y la enjuagó. "Eso sería valiente. Pero, ¿y si la madre negligente te acusa de llevarte a su hija para sacarse

problemas? Es decir, si denunciara su desaparición. ¿Has pensado qué pasaría en ese caso?".

Benjamin se sentó y se puso las manos a ambos lados de la cabeza. "Entonces, ¿qué debería hacer?"

"Ve a los muelles y recoge la muñeca. Si la madre está allí, entonces es excelente que la traigas aquí contigo. Si no, vuelve y deja que yo me encargue con el sargento Miller en comisaría. ¿Te acuerdas de Alex Miller?"

"Sí. Gracias, Abe".

"Tú, quién", llamó El desde abajo.

"Ven a ver", dijo Benjamin, "sube". Cuando ella estuvo arriba, él se llevó el dedo a los labios: "Shhh". Ella asintió y entraron de puntillas en la habitación de invitados, donde Katie seguía durmiendo profundamente.

"Un niño. ¿Qué demonios?"

"No te preocupes, la pondré al corriente de los detalles. Mientras tanto -dijo Abe-, tú ve al muelle mientras la niña duerme. Si su madre no está, vuelve enseguida".

Benjamin asintió. "Gracias, Abe y El. Iré corriendo".

Abe se lo explicó todo a su mujer. "Tengo curiosidad por saber si la madre ha hecho este tipo de cosas en el pasado".

"Eso mismo me preguntaba yo", dijo El.

Mientras tanto, Benjamin corrió hacia el muelle, donde recogió la muñeca. Su teléfono vibró.

"¿Alguna señal de la madre?" escribió Abe.

"No, pero tengo la muñeca. Ahora vuelvo".

Abe le envió un emoji de pulgar hacia arriba. Le dijo a El: "No hay rastro de la madre de la niña y tengo que prepararme para la apertura de la tienda".

"Me quedaré aquí con ella", dijo El. Se sentó en la silla mientras Katie seguía durmiendo. Algún tiempo después, El fue a arreglarse para preparar su turno.

Capítulo 12

KATIE Y BENJAMIN

KATIE Y SU MUÑECA estaban una al lado de la otra en una noria enorme, dando vueltas y vueltas. Cuando llegó arriba, se detuvo, mientras sus piernas colgaban por el borde. Kati se agarró a la barra. Durante un segundo, se sintió segura y protegida. Hasta que la barra se deshizo entre las yemas de sus dedos y el coche empezó a balancearse. Hacia atrás y hacia delante, luego de lado a lado. A lo lejos, el viento aulló, luego aulló un perro. La muñeca empezó a resbalar. Se estiró para agarrarla, y el carro volcó, y cayeron.

Ella gritó.

Para entonces Benjamin había vuelto. Entró corriendo en la habitación. "Despierta, Katie", le dijo. "Estás teniendo una pesadilla".

Cuando se dio cuenta de que estaba a salvo, Katie lo abrazó y se aferró a él para salvar su vida. Cuando su respiración se hizo más lenta, bostezó y dijo: "¡Me muero de hambre!".

"Menos mal, porque estás invitada a desayunar con Abe y El, vamos".

Salieron del apartamento de Benjamin y entraron en la casa. En la cocina, Benjamin echó ocho huevos en una olla de agua hirviendo. Le pidió a Katie que se ocupara de la tostadora, pues necesitarían ocho rebanadas.

"¡Me encantan los soldados tostados!" exclamó Katie. Cuando el pan estuvo tostado, Benjamin lo untó con mantequilla. Lo cortó en tiras: el tamaño perfecto para mojar en las yemas líquidas.

"¿Con qué estabas soñando?" preguntó Benjamin. "A veces es mejor compartir un mal sueño. Si quieres".

"Yo, no quiero pensar en ello", dijo Katie acomodándose en un asiento de la mesa de la cocina.

La Sra. Julius, El, asomó la cabeza por la cocina. "Hola", dijo sonriéndole.

Katie apartó la silla, corrió hacia El y rodeó la cintura de la desconocida con los brazos. Se abrazaron con fuerza, como si ya se conocieran.

El le dio unas largas palmaditas en la cabeza, luchando contra las lágrimas, y luego la empujó a la mesa.

Benjamin la miró, comprendiendo cómo se sentía Katie. El, tenía ese tipo de cara, esos ojos, de los que brotaba bondad, dulzura. Él mismo se había encariñado con ella al instante y ahora Katie estaba haciendo lo mismo.

"Bueno, será mejor que lleve esto a la tienda para que Abe pueda merendar", dijo El. "Ya sabes que odia trabajar solo en la tienda. El sábado es nuestro día más ajetreado. Esta golosina será una grata sorpresa".

Benjamin llevó los huevos en hueveras a la mesa.

Al salir, El cerró la puerta tras de sí.

"Es una señora simpática, ¿verdad?".

Katie sonrió tanto con los ojos como con la sonrisa. "Sí, es mi primera amiga instantánea".

Benjamin negó con la cabeza. "Amiga instantánea... eso es nuevo para mí". Tocó la parte superior de uno de los huevos, aún estaban demasiado calientes para abrirlos.

Katie respiró hondo y cerró los ojos. Volvió a abrirlos. "¿He herido tus sentimientos? ¿Porque tú y yo no fuéramos amigos al instante?".

Benjamin sonrió. "En absoluto". Abrió el primer huevo. "Sólo me lo preguntaba". Puso un poco de mantequilla y sal en el huevo, luego abrió otro e hizo lo mismo.

"Nunca conocí a mi Abuela. El, se parecía a la Abuela de mi cabeza, por eso es una amiga instantánea".

"Tiene sentido".

El volvió y los tres mojaron sus soldaditos de pan en los huevos mojados.

"Eres una cocinera excelente", dijo Katie.

Sonrió mientras limpiaban y metían los platos sucios en el lavavajillas. "Pongámonos en marcha. Recuerda que tenemos cosas que hacer".

"Y sitios que ver", soltó una risita.

"Me alegro de que estés aquí", dijo El.

✳✳✳

B ENJAMIN PEINÓ EL PELO de Katie, que notó que olía a miel y canela.

"Seguro que mi mami me está buscando. ¿Podemos ir a buscarla ahora al paseo marítimo?".

Con una sonrisa, Benjamin salió de la habitación preguntando: "¿No te has olvidado de alguien?". Volvió unos segundos después escondiendo algo a sus espaldas. "¡Voilá!", exclamó al revelar la muñeca a Katie.

Ella le echó los brazos al cuello, arrullando y susurrando cuánto había echado de menos a su gemela. Benjamin tenía razón, su muñeca olía a mañana de Navidad, y eso era bueno. Lo que no era tan bueno era que estaba un poco empapada. Hizo una mueca.

"Ah, te has dado cuenta de que está un poco húmeda", dijo Benjamin. "Tráela aquí, cerca de la rejilla de ventilación, y enseguida estará como una rosa".

Juntos colocaron la muñeca cerca del calefactor, luego Benjamin, sugirió. "¿Te gustaría aprender a lavarte los dientes con el dedo? Eso hasta que te consigamos un cepillo de dientes".

Katie chilló y se divirtió aprendiendo. Después, Benjamin le ató las sandalias.

"Tu mamá no estaba allí, en el paseo marítimo, cuando recogí la muñeca esta mañana".

Se le salió el labio inferior. Le tembló.

Se miró los pies. "No te preocupes. El señor Julius, quiero decir Abe, tiene un amigo que trabaja en la comisaría".

"Oh, no", dijo Katie.

"¿Qué pasa?"

"Lo averiguarán".

"¿Descubrir qué?"

"No puedo decírtelo, pero no quiero que mi madre se meta en líos".

"No te preocupes, el amigo de Abe es un buen hombre. Sabrá cómo ayudarte. Mientras tanto, tú y yo podemos salir hoy con El".

La niña asintió.

"Puede que incluso te deje ayudar en la tienda, como una niña grande".

Katie sonrió. Por el momento, estaba distraída de sus problemas.

Capítulo 13

ABE Y SGT. MILLER

ABE PIDIÓ A SU mujer que se ocupara de la tienda y ya se dirigía a pie a ver a su amigo de la comisaría, el sargento Alex Miller. Había reconsiderado el plan de llamarle. Una visita en persona sería mejor, ya que eran amigos desde hacía mucho tiempo.

Cuando se conocieron, años atrás, Alex era un oficial joven y novato. Abe había estado trabajando en su tienda, cuando dos hombres armados irrumpieron y robaron el dinero de la caja registradora. Abe salió con un ligero golpe en la cabeza. Estaba muy agradecido de que su mujer hubiera ido a los mayoristas aquel día.

Tras ponerse en contacto con la policía, enviaron a Alex junto con un oficial de más rango. El agente de más edad sugirió a Abe que contratara a alguien para vigilar la puerta. Dijo que

que era eso o pagar un costoso sistema de seguridad. Abe no podía permitirse ninguna de las dos opciones. Rellenaron un informe y se marcharon, pero Alex volvió. Se ofreció como pluriempleado, a cambio de una tarifa. Como era un agente joven, no le enviaban muchas horas.

Abe aceptó pagar a Alex dos horas al día, y se hicieron amigos. Al cabo de unos meses de relación laboral, robaron en otra tienda de la misma calle que la de Abe. Alex detuvo a los dos delincuentes sin ayuda de nadie. Más tarde Abe los identificó en una rueda de reconocimiento, y los matones fueron enviados a prisión.

Después de eso, Alex empezó a ascender en el escalafón. Sin embargo, Abe y él siguieron en contacto, y cuando Alex se casó, él y El asistieron. Cuando tuvieron su primer hijo, él y El fueron invitados al bautizo. Una niña seguida de dos niños gemelos. A lo largo de los años, Abe y El asistieron a las fiestas de Navidad y Acción de Gracias en casa de los Miller.

Después, cuando Benjamin llegó a sus vidas y Alex fue ascendido a sargento, perdieron el contacto con respecto a

asuntos familiares, pero seguían reuniéndose de vez en cuando para tomar un café.

Al llegar a la comisaría, pidió en recepción reunirse con el sargento Miller, quien le dijo que no estaba disponible. Abe permaneció un rato en la sala de espera, hasta que vio un cartel al otro lado de la sala con fotos de niños. Niños desaparecidos.

Abe se acercó para verlas más de cerca después de limpiarse las gafas. Ninguno de los niños tenía el pelo largo y rubio. Satisfecho de que la niña llamada Katie no estuviera entre las del cartel, volvió a sentarse.

Llegó el sargento Miller y los dos amigos se estrecharon la mano. Miller sugirió que se alejaran de la comisaría en una cafetería a poca distancia. "Allí no nos molestarán, y me vendrá bien el descanso".

Se sentaron en la cabina de una cafetería y Abe preguntó cómo estaban todos en casa.

"Ha pasado tiempo, viejo amigo, ¿verdad? Están bien, gracias", dijo Miller. Abrió el teléfono y mostró a Abe un breve vídeo de la ceremonia de graduación de sus gemelos en el instituto. "Henry quiere ser médico", dijo Alex con orgullo. "Jimmy quiere ser Abogado". Hojeó más fotos y luego se detuvo. "Y Jenny, porque ella y Will acaban de darnos nuestro primer nieto. Es toda una belleza". Dejó la foto abierta para que Abe la mirara y volvió a prepararse el café añadiendo dos cremas y edulcorante.

"Ah, es toda una monada. Enhorabuena a ti y a tu mujer por ser abuelos primerizos". Dio un sorbo a su café. "Ah, y la de médico es una profesión muy respetada, y la de abogado también. Ambas son opciones profesionales más seguras que tu línea de trabajo". Se rió y removió su taza de café.

"Eso seguro", convino Alex mientras tomaba un sorbo. El fuerte café le quemó el labio, aun así tomó otro sorbo.

"El mundo es cada vez más peligroso -continuó-, y espero jubilarme en algún momento de un futuro no muy lejano. Además, no quiero estar preocupándome de que mis hijos se jueguen la vida cuando por fin puedo poner los pies en alto y relajarme".

Los dos amigos sorbieron y mojaron los donuts en sus cafés.

"Entonces, ¿qué te trae hoy a verme?". preguntó Alex mirando el reloj. "Espero que esa esposa tuya no te esté causando problemas".

Abe sonrió. "No". Dudó. "Tengo una amiga".

"Oh, no, no la mordaza de "Tengo un amigo"".

Abe continuó: "Tengo un amigo", sonrió, "que está en apuros".

"Cuéntame más".

"Anoche encontró a una niña en el paseo marítimo, sentada sola. Abandonada por su madre. La puso a salvo".

"Tu amigo es un buen ciudadano", dijo Alex. "Entonces, en este escenario, ¿cómo puedo ayudar?"

"Mi amigo se pregunta si podría meterse en un lío por involucrarse en la situación. Es menor de edad y la niña estaba demasiado traumatizada para llevarla a comisaría. Si mi amigo se presentara ahora, ¿tendría problemas por retrasar la denuncia?

Alex consideró el asunto. "¿Conoces bien a este muchacho?".

Abe se incorporó: "¿Te acuerdas de Benjamin?".

Alex terminó de beberse el café. Volvió la camarera y les preguntó si querían algo más. Cuando rechazaron todo menos la cuenta, retiró las tazas.

"Ah, sí, me acuerdo de él. Un muchacho agradable y educado que sabe apreciar lo afortunado que es de pertenecer a tu familia".

"Siempre ha sido como un hijo para nosotros", dijo Abe. "Y hablando de familia e hijos, me preguntaba algo".

"Te escucho".

"La otra noche vi un programa, Matlock, ¿lo recuerdas?".

"Sí, aunque está un poco pasado de moda, sobre todo sus trajes blancos". Miller se rió.

"Sí, pero recuerdo cuando eran populares: los trajes blancos y las polainas. Sí, soy así de viejo".

Se rió y continuó. "En el programa decían que una persona no puede denunciar la desaparición de su hijo durante veinticuatro horas. Es un programa americano, como sabes, pero me preguntaba si aquí es igual".

"En Canadá, se puede denunciar la desaparición de un niño en cualquier momento. No hay período de espera".

"No lo sabía", dijo Abe. "Interesante".

"La mayoría de la gente cree que son veinticuatro horas", dijo Alex. "Esta desinformación puede atribuirse a las repeticiones y a las noticias falsas".

Abe se rió. "Entonces, ¿alguien ha denunciado la desaparición de algún niño, quiero decir aquí en la ciudad, desde ayer?".

"Que yo sepa, no", dijo Alex. "Podría ser que aún no lo supiera. A veces se cuelan cosas en la comisaría".

Se inclinó más hacia él. "Necesito saber: ¿dónde está la niña ahora?".

"Benjamin nos la presentó esta mañana. El está armando un alboroto, como puedes imaginar".

El sargento Miller asintió mientras sonaba su teléfono. Le necesitaban en comisaría.

Preguntó si se había denunciado la desaparición de una niña en las últimas veinticuatro horas. Desconectó. "No hay nuevas denuncias de niños desaparecidos".

"Ya veo", dijo Abe. "¿Qué debemos hacer ahora?"

Miller dijo: "Si la traes a la comisaría, nos ocuparemos de ella hasta que intervenga Bienestar Infantil".

"Se ha instalado muy bien con nosotros".

"Sí, dejarla con vosotros ahora mismo podría ser la mejor opción. Mientras investigamos. No me gustaría que la enviaran al sistema de acogida antes de tiempo. Sobre todo si es su primer delito".

"La mantendríamos a salvo".

"Sé que lo haríais, pero tendré que consultarlo con mi jefe. Desde mi punto de vista, probablemente sea mejor dejarla donde está". Se puso en pie. "¿Algo más que quieras decirme, antes de que haga averiguaciones?"

"Benjamin ha vuelto hoy a los muelles con la esperanza de que la madre de la niña estuviera allí, pero no ha sido así".

"Menos mal que no ha vuelto", dijo Miller. "Hay que investigarlo. Para ver si es reincidente". Volvió a comprobar la hora. "¿Qué edad tiene el niño?"

"No lo sé con certeza, pero supongo que siete u ocho".

Miller salió del café hablando por teléfono y volvió unos minutos después. "De momento puede quedarse contigo. Mientras tanto, pediré a mis agentes que vigilen a una mujer que deambula por los muelles. ¿Tienes idea de su aspecto?

"No, tendrías que hablar con Benjamin. ¿O puedo preguntarle por ti y avisarte?".

"Claro. Averígualo y mándame un mensaje". Extendió la mano, que fue recibida calurosamente.

"Gracias", dijo Abe.

Miller añadió: "Pase lo que pase, no entregues al niño. Si aparece la mujer, entretenla y llámame. A cualquier hora del veinticuatro al siete. Quiero hablar con ella: darle el para qué. También para asegurarme de que es legal y comprende los errores que ha cometido. Si es necesario, haré que intervengan los Servicios Sociales".

Abe dijo que enviaría un mensaje con la descripción de la mujer lo antes posible.

"Buen hombre", dijo el sargento Miller, mientras se separaban fuera de la cafetería.

Abe, en lugar de ir directamente a casa, se dirigió al Waterfront. Se sentó en un banco y escuchó las gaviotas y las olas. Tras treinta minutos sin ver a nadie, volvió a la tienda, donde su mujer salió a recibirle.

"Tan buena como el oro", dijo El mientras besaba a su marido primero en la mejilla izquierda y luego en la derecha.

Se dio cuenta de que su mujer tenía un resorte en el paso y las mejillas sonrojadas. Le recordó los días en que se cortejaron por primera vez.

✳✳✳

Tras ponerse al día con El sobre su encuentro con el sargento Miller, Abe preguntó a los niños qué estaban viendo en la televisión.

"Es Bob Esponja Pantalones Cuadrados", dijo Katie. "Es divertido".

"Eh, luego puedes contarle a Benjamin lo que ha pasado, si te parece bien. Porque me gustaría hablar con él fuera un momento o dos".

Ella asintió.

"¿Has averiguado algo en la comisaría?" preguntó Benjamin después de cerrar la puerta tras de sí.

"Te informaré dentro de un momento, pero ahora mismo el sargento Miller quiere que le transmita una descripción de la madre de Katie por mensaje de texto". Le pasó a Benjamin su teléfono. "Ve tú y teclea la información. Eres un mecanógrafo más rápido".

Benjamin tecleó: Hola, sargento Miller. Soy Benjamin. La madre de Katie llevaba un vestido oscuro sin mangas, un pañuelo rojo y zapatos de tacón. Tenía el pelo oscuro, casi negro, y ayer llevaba gafas de sol oscuras cuando salía el sol".

"¿Altura?" respondió Miller.

"Aproximadamente 1,70 m, sin los tacones".

"Gracias. S.A.M."

Benjamin le devolvió un emoji de pulgar hacia arriba. "Cuéntame lo que has averiguado sobre Katie".

"Al principio lo planteé como algo hipotético. Hablamos y luego le conté los detalles".

"Vale, es justo".

"Puedo confirmar", dijo Abe, "que aún no se ha denunciado su desaparición".

"Algo le habrá pasado a su madre. Espero que esté bien".

"El sargento Miller, Alex, dijo que hicisteis lo correcto trayéndola aquí. Sus agentes vigilarán a la madre. Si aparece, la traerán para interrogarla. Si hay alguna noticia sobre Katie, nos lo harán saber".

"Gracias de nuevo, Abe".

"Como es sábado y Katie no tiene que ir al colegio, eso es bueno. Con suerte, estará solucionado antes del lunes y volverá a clase como si no hubiera pasado nada".

"Sí", dijo Benjamin, pensando ya en lo mucho que la echaría de menos cuando no estuviera.

El entró en el pasillo y el trío susurró al unísono.

"Nosotros, Abe y yo creemos que estaría más cómoda en la habitación de invitados".

Benjamin parecía decepcionado y su mirada se dirigió al suelo.

El le tocó el brazo. "Puedo vigilarla cuando vosotros dos estéis atendiendo la tienda. Podemos hacer cosas de chicas".

Abe intervino: "Tú también necesitas dormir, Benjamin, y esa vieja silla no es adecuada para dormir".

"Llevamos años queriendo cambiar esa cosa vieja".

"Está en mi lista de tareas pendientes", dijo Abe. "Un día de estos me pondré a retapizarla".

"Mejor tíralo a la basura o úsalo como leña. He querido arreglar un poco la habitación. Esas estanterías también necesitan un repaso".

"Lo añadiré a la lista".

El le besó en la frente. "Estaría bien hacer la habitación más femenina".

"Estará aquí poco tiempo".

"Lo sé, lo sé. Pero me hace pensar en mi hermana pequeña Sammy. Samantha. Las travesuras que hacíamos juntas". Miró a su marido. "Siempre he querido tener mi propia hija, y esto es lo más parecido. Aunque sólo sea por un tiempo".

Abe la rodeó con el brazo. "Lo entiendo, queréis jugar juntos".

El le dio un beso en la mejilla y los tres se fundieron en un abrazo grupal.

Cuando se separaron, Abe preguntó: "¿Sabe Katie su dirección?".

"La conoce y la comprobamos anoche. No había nadie en casa y no tiene llave. Está en la calle Ontario, número 74".

Abe buscó Google Maps en su teléfono y puso la dirección con la intención de ir a la casa. Después de echar él mismo un vistazo, le comunicaría la dirección a su amigo, el sargento Miller. "El niño necesitará cosas", dijo Abe, dándole su tarjeta de crédito a Benjamin. "Compra ropa informal, pijamas, zapatos decentes, calcetines y ropa interior. Y un cepillo de dientes".

Benjamin ordenó la cocina mientras Abe seguía charlando sobre su visita a la comisaría. "Ah, y una cosa más: si Katie ve a su madre, o viceversa, no se la devolverán. Primero quieren hablar con la mujer en comisaría".

Katie entró en la cocina: "¿Mi mamá tiene problemas?".

"No, no, cariño", dijo Benjamin. "La policía quiere asegurarse de que está bien, eso es todo". Le revolvió el pelo. "Ahora lávate la cara y cepíllate el pelo". Ella entró en el cuarto de baño y cerró la puerta.

"¿Y si su madre monta una escena? Quiero decir, ¿si me ve a mí, una extraña con su hija?".

Abe susurró: "Abandonó a su propia hija. Cualquiera podría habérsela llevado, así que dudo que monte una escena". Comprobó que Katie no hubiera salido. "Además, puede que la pobre mujer no esté bien de la cabeza. Si ve a la niña, llama a la policía y no te muevas. Pregunta por el sargento Miller. Se acuerda de ti y se ocupará de ello".

Benjamin se sentó y permaneció callado.

"Veo que te hemos preocupado", dijo Abe. "La niña sabrá lo que le gusta y lo que necesita, y el personal te ayudará".

Benjamin se miró los pies, no sabía nada de comprar ropa para una niña.

El dijo: "¿Quieres que te acompañe?". Miró a su marido. "¿Si te parece bien? Son más de las tres, así que no habrá mucho trabajo".

Benjamin asintió. "Por favor, Abe".

Katie imitó las palabras de Benjamin. "Por favor, Abe".

Incapaz de resistirse, Abe asintió.

"Vamos de compras, para ti", dijo Benjamin. "Tú, El y yo".

Katie chilló de alegría.

Capítulo 14

UN DÍA DE COMPRAS

AL POCO RATO, KATIE ya tenía todo lo que había en la lista.

"Ahora vamos a comer algo", sugirió El.

Entraron en una cafetería de la calle principal. Katie pidió un batido de fresa, El pidió un té fuerte y Benjamin una coca-cola con hielo.

Ella sorbió su batido. "Quieres preguntarme algo, ¿verdad, El?".

El asintió. "¿Cómo conociste a ese niño?"

"No pasa nada si me lo preguntas. No me importa".

El dudó y luego preguntó: "¿Cuál es tu color favorito?".

Katie se rió, claramente no era la pregunta que esperaba. "No tengo un color favorito. ¿Por qué elegir uno si hay tantos?

El sonrió. No era la respuesta que esperaba.

"Tengo una pregunta", preguntó Benjamin. Vaciló mientras El y Katie esperaban. "¿Quién te compró la muñeca? ¿Fue tu madre?"

Katie sorbió más batido por la pajita. "Fue él", dijo.

El se inclinó más hacia ella: "¿Tu padre?".

"No, Mark, el amigo de mi madre. Era un regalo. Siempre me trae regalos".

"¿Para Navidad? ¿O por tu cumpleaños?" preguntó Benjamin.

"No, regalos para nada. Simplemente aparece y trae algo para mí".

"Ah", dijo Benjamin, mirando a El. "¿Qué tal tu batido?".

"Sabe a gloria", dijo Katie, y luego se pasó el dedo por los labios.

"¿Qué pasa? preguntó El.

"Es que estoy pensando...".

"¿En qué?" inquirió Benjamin. "No tienes que decírnoslo si no quieres".

Katie se lo pensó y luego dijo: "Si mi mami estuviera aquí, se estaría tomando un batido de caramelo. Sorberíamos despacio. Siempre bebemos despacio. Me olvidé y bebí deprisa, y ahora se ha acabado". Hizo un mohín.

"¿Quieres otro?" preguntó Benjamin.

"¿Puedo?"

"Puedes". Llamó al camarero.

Cuando llegó, Katie dijo: "Espera, no necesito otra".

"¿Por qué no?" preguntó El.

"Es muy sencillo. Ahora que puedo tomar otra, con ésta es suficiente".

Benjamin y El se miraron, y luego volvieron a mirar a Katie.

"Eres única, niña", dijo El.

"Eso es lo que dice siempre mamá".

Pagó la cuenta y salieron a la calle.

"¿Puedo llevar mis zapatos nuevos, por favor?".

"Claro que puedes", dijo El mientras le quitaba las sandalias a Katie.

Katie movió los dedos de los pies dentro de las zapatillas y se puso a correr por la acera. El y Benjamin intentaron seguirla.

Capítulo 15

DE NUEVO EN CASA

VOLVIERON A CASA, DONDE encontraron a Abe sentado en una mecedora. Tenía los hombros caídos y las manos cruzadas sobre el regazo.

El se acercó a él y le besó en la frente. "Voy a darle un baño a Katie. La ayudará a dormir después de tanta emoción".

"Buena idea, amor", dijo Abe. Luego a Benjamin: "¿Qué tal las compras?".

"Fue divertido. Katie está llena de energía. Incluso a mí me costó seguirle el ritmo".

Abe sonrió. "Siento habérmelo perdido". Bajó la voz. "Tengo más información. Preferiría compartirla

contigo y con El al mismo tiempo. Cuando la pequeña esté dormida".

Benjamin bostezó.

Abe dijo: "¿Por qué no subes y duermes un poco? Hablaremos dentro de una hora, ¿vale?".

"Me parece un buen plan. Gracias". Subió las escaleras.

✳✳✳

Cuando Katie se durmió, se reunieron en el salón. El preparó unos bocadillos. Abe estaba especialmente hambriento. No había comido desde el desayuno.

"Se durmió enseguida", dijo El. "Y estaba muy guapa con su nuevo camisón de princesa".

"Hoy hemos pasado un día maravilloso, muchas gracias por ayudarnos, El".

"Ha sido un placer".

Abe terminó de masticar el bocadillo, se limpió la boca y bebió un sorbo de agua. "Tengo noticias. No es una historia fácil de contar. Por favor, no interrumpáis ni hagáis preguntas hasta que termine".

Tanto El como Benjamin se acercaron y asintieron.

"Después de cerrar la tienda a las cinco, fui a casa de Katie. No había planeado ir hasta mañana, pero algo me hizo querer ir hoy y por eso fui". Hizo una pausa.

Adelante, pensaba Benjamin, pero sabía que decirlo habría sido de mala educación.

"Llamé a la puerta principal, nadie respondió pero las cortinas estaban abiertas. Me detuve y escuché sonidos del interior, nada. Rodeé el lateral de la casa y fui a la parte de atrás. No había señales de que allí viviera un niño, ni juguetes, ni bicicletas, ni columpios, ni pelotas. Ni ropa colgada en el tendedero.

"Pedí un taxi y el conductor me estaba esperando en la acera. Fui a la puerta de al lado y llamé. Contestó un hombre, me dijo que vivía alguien al lado, una niña y una mujer, eso es todo lo que sabía. Luego me cerró la puerta en las narices.

"En mi visión periférica, vi moverse una cortina al otro lado de la calle. Crucé hasta allí y llamé. Una mujer contestó y me invitó a entrar a tomar algo.

Vio al taxi esperando y le dijo que se largara. Dijo que se pondría en contacto con otro cuando yo estuviera listo para irme. Acepté, pensando que podría tener información que dar sobre la madre del niño. Era una mujer muy ocupada, de eso no cabía duda. Normalmente, la evitaría, pero en este caso la información para el bienestar del niño era clave, así que me quedé.

"Su casa estaba limpia y ordenada. No corría ningún peligro y el único sonido que se oía en su casa era el incesante tic-tac de un reloj de pie. Nos sentamos y compartimos una tetera.

"Cuando le pregunté por el niño, me dijo que siempre ocurrían cosas en la casa de enfrente. Gritos. Una puerta giratoria de hombres y coches aparcados en la entrada y que a veces se desparramaban por la calle. Supuso que eran hombres casados. Ah, y también dijo que el último hombre elegante tenía un coche grande y un chófer. La madre de Katie era la comidilla de la calle".

El se llevó la mano a la boca: "Pobrecilla".

Benjamin cambió de tema. "¿Has averiguado algo sobre Katie?".

Abe suspiró. "Callada y de buen comportamiento", explicó Judy Smith, la vecina. "Dijo que se fijó en la madre y en la hija ayer por la mañana. Le llamó la atención, porque era día de colegio y la niña llevaba consigo una muñeca de tamaño natural. Sin embargo, no las vio volver a casa.

"Cuando se aburrió de hablar conmigo, se dirigió a la puerta de su casa y se fue silbando por la calle. Su hijo, un taxista, paró delante. Me empujó hacia la puerta principal, dentro del vehículo y le di al hombre una dirección falsa. No quería que supieran mi dirección. Parecían excéntricos".

"¿Quieres decir chiflados?"

Abe asintió, luego se sirvió una taza de té y ofreció una taza a El y a Benjamin.

"Ya podéis hacer preguntas -dijo-.

✳✳✳

Pasaron minutos, quizá quince o más, antes de que El rompiera el silencio. "Pobrecilla. Cómo debió de ser su vida, con hombres yendo y viniendo a todas horas del día y de la noche". Contuvo un sollozo, en lo más profundo de su núcleo maternal. "No hay vida para ningún niño... y aquí estamos nosotros. Tú y yo, que nunca podríamos tener un hijo propio".

"Ya, ya", dijo Abe, acariciando el brazo de su mujer. "Pienso lo mismo. No hay justicia en este mundo. Ni rima ni razón. Y, sin embargo, ¿quiénes somos nosotros para juzgar?"

"Lo único que sé -intervino Benjamin- es que Katie quiere a su madre".

"Incluso una niña maltratada quiere a su madre", dijo El.

"La prueba está en el abandono", dijo Abe.

"Quizá no se pudo evitar. No sabemos lo que pasó", dijo Benjamin.

"Eso es verdad. Siento haber juzgado tan rápido. Entonces, ¿qué pasa ahora? preguntó El.

"Esperamos", dijo Abe. "Y hacemos preguntas, sin molestar a la pequeña Katie. Averiguaremos lo que podamos. Mientras tanto, el sargento Miller pondrá las cosas en marcha por su parte. Le pasé la dirección de Katie; Benjamin le dio una descripción de su madre. Comprobarán los hospitales, la morgue y los muelles".

"La morgue", dijo El. "No quiero pensar que esa pequeña esté sola en el mundo".

"Lo sé, lo sé", dijo Abe. Cambió de tema. "Ah, y antes de que se me olvide". Se metió la mano en el bolsillo y sacó un sobre que puso sobre la mesa. "Esto estaba en el buzón de la casa de Katie".

"¡Abe, robar el correo de otra persona es un delito federal!". exclamó El. Este arrebato no bastó para impedir que diera la vuelta al sobre para que tanto ella como Benjamin pudieran leerlo.

"Soy plenamente consciente de ese hecho", confirmó Abe. "Pero ahora sabemos que su madre se llama Jennifer Walker".

Benjamin bostezó y se levantó, luego besó a El en la mejilla. "Katie ya no está sola. Está aquí con nosotros". Le dio las buenas noches. "Gracias por toda tu ayuda". Abe le dio una palmada en la espalda como haría un padre a un hijo.

Arriba se puso el pijama y se dejó caer en la cama. Estaba demasiado cansado para bajar las sábanas y se acurrucó en el edredón.

✳✳✳

Benjamin estaba de pie en el borde del tejado de un edificio alto, incapaz de mirar hacia abajo, con los dedos de los pies ya sobrepasando la línea. Era de noche, y las estrellas eran rendijas, como ojos en el cielo, observándole, deseándole que avanzara. Salta, parecían decir. Salta.

Se tambaleó y se tambaleó. Era tan fácil avanzar como retroceder, y estaba completamente solo. Solo en el mundo, sin nadie que le cuidara. Nadie que le cuidara. Nadie a quien le importara si vivía o moría.

Había leído muchos libros, sobre héroes. Chicos que, como él, habían perdido a sus padres y habían hecho cosas increíbles con sus vidas. Por supuesto, ese tipo de personajes eran ficticios.

¡Un momento! Yo soy una buena persona. Ayudo a la gente. Pienso en los demás antes que en mí mismo. No miento, ni robo, ni hago daño a los demás y siempre, casi siempre, cumplo mis promesas.

¿Por qué casi siempre? preguntó una voz por encima de él.

No contestó, sino que se cayó por el borde y se despertó en el suelo, junto a la cama. Tenía la ropa húmeda de sudor, pero estaba a salvo. A salvo y bien. Aunque eran las 4 de la madrugada, no iba a volver a dormirse. Se acomodó para jugar en su teléfono. Debajo de su habitación oía a alguien que iba y venía. Probablemente Abe. Se puso los auriculares. Después de que algunos amigos se unieran a él, se sumergió por completo en un juego multijugador en línea. Jugó hasta que el sol salió por el horizonte, y luego volvió a la cama.

Capítulo 16

ABE Y EL

ABE NO PODÍA DORMIR. "¿Estás despierto?"

"Ya lo estoy".

"Tengo un poco de hambre, ¿y tú?"

"Ahora que estoy despierto, yo también. Vamos, prepararé algo. ¿Qué te apetece?"

Mientras deambulaban por el pasillo, miraron a Katie.

"Es un angelito".

"Sí que lo es". Ya en la cocina, Abe dijo: "Un sándwich de queso tostado me sentaría bien".

"Vale, tú pon la tetera y yo encenderé la parrilla".

Cuando la comida estuvo lista y el té reposando en la tetera, se sentaron y se comieron los bocadillos.

"Me ha encantado, gracias".

"La comida reconfortante siempre lo hace". Ella echó la silla hacia atrás.

"No, siéntate un momento. Quiero hablar contigo".

"¿Una taza de té? Abe asintió y ella les llenó la taza. "¿Qué te preocupa? Sé que hay algo".

"¿Recuerdas que hablamos de adoptar a Benjamin?".

"Sí, pero como ya tenía quince años, decidimos no seguir adelante".

"Y, sin embargo, sigo pensando que si lo adoptáramos, entonces, si me pasara algo, él sería de la familia y podría ayudarte con la tienda. Para hacerse cargo si fuera necesario. Lo mismo que si te ocurriera algo a ti, me sería de gran ayuda".

El removió su té. "¿Quiere que lo adoptemos? Ya no nos necesita como cuando vino a vivir con nosotros. Es un joven independiente. No me gustaría encadenarlo a nosotros".

Abe levantó la voz. "¿Encadenarlo a nosotros? ¿Es eso lo que piensas? YO, YO".

"Cálmate, amor. Dentro de un par de años será lo bastante mayor para volar solo, y tiene todo el derecho a hacerlo. Como decía aquel refrán, si amas a alguien, libéralo y si vuelve, será tuyo".

"Y si no lo hacen, nunca lo fueron. No recuerdo quién lo dijo".

"Quizá Kipling, o un sabio como él. No digo que no vuelva nunca; creo que lo haría. Le encanta trabajar en la tienda".

"Sí, y un día podría ser el dueño de la tienda, dirigirla. Continuar nuestro legado".

"Si él quiere".

"Por supuesto".

"¿Qué te gustaría hacer? ¿Qué te tranquilizaría?"

"Me gustaría hablar con Travis, nuestro abogado, para pedirle consejo".

"¿No deberíamos abordar el tema con Benjamin primero?"

"Si lo hiciéramos y cambiáramos de opinión después del consejo legal, podría tener repercusiones. Prefiero consultarlo primero, luego decidiremos. Si decidimos seguir adelante esta vez, podemos hablar con él y ver qué opina".

El bostezó. "Ah, perdona". Cogió la mano de su marido entre las suyas. "Parece que tenemos un plan. Ahora volvamos a la cama, que la pequeña se levantará pronto con ganas de desayunar".

Capítulo 17

RECUERDOS...

ABE Y EL POR fin se durmieron cuando Katie lanzó un grito por el pasillo.

El estaba a su lado en cuestión de segundos, casi como si lo hubiera previsto. En cuanto Katie la vio, le echó los brazos al cuello.

Abe llegó poco después. "¿Qué te pasa, pequeña?".

"Echo de menos...", fue todo lo que dijo antes de apretar la cara contra el pecho de El.

Benjamin entró tambaleándose en la habitación. "¿Qué pasa?"

Katie permaneció quieta, mientras intercambiaban suaves susurros.

"Echa de menos a su madre", dijo El. Katie se acurrucó más. "Volved a vuestras camas y yo me quedaré aquí con la pequeña". Luego a Katie: "Eso te gustaría ahora, ¿verdad? ¿Si me quedara aquí?". Le susurró algo a El. "Ah, ya veo", dijo ella. "¿Estás segura?" Katie asintió. "A ella también le gustaría que te quedaras, Benjamin. Coge una manta de fuera

y puedes echártela por encima en la silla de allí".
Benjamin siguió sus instrucciones.

"Bueno, pues buenas noches", dijo Abe mientras cerraba la puerta, feliz de volver a la comodidad de su propia cama.

Capítulo 18

DOMINGO, DOMINGO

LOS DOMINGOS POR LA mañana eran especiales en casa de los Julius. Como la tienda no abría hasta mediodía, la familia siempre preparaba y compartía un gran desayuno.

"Hoy toca gofres", anunció El, sacando la gofrera y conectándola al enchufe. Se adelantó y preparó la masa hasta que la plancha estuvo lista.

Mientras tanto, los demás prepararon la mesa. Pusieron sobre la mesa condimentos como: siropes, frutas, mantequilla y nata montada en lata.

"Los gofres huelen tan bien", dijo Katie, mientras El colocaba los gofres terminados en el centro de la mesa.

"Gracias, cariño", dijo El. "¿Nos olvidamos de algo antes de sentarnos?". A nadie se le ocurrió nada, así que tomó asiento en un extremo de la mesa mientras su marido estaba en el otro.

"Gracias por la comida gourmet", dijo Abe, que era su versión de una oración a la hora de comer. "Ahora, ¡a comer! Y así lo hicieron.

Katie se sentó a observar a los demás, ya que nunca había probado un gofre.

"¿A qué esperas, amor?".

"Estoy observando, ya que el único gofre que he comido ha sido un cucurucho de helado".

"Es una idea ingeniosa", dijo Benjamin. Fue al congelador y sacó un recipiente de helado napolitano. Luego cogió la cuchara de helado del cajón y los llevó a la mesa.

El ayudó a Katie a poner fruta en su gofre, incluidos arándanos y fresas. Añadió unas rodajas de manzana. "Queda muy bonito", dijo la niña.

"Ahora pruébalo tú", dijo Benjamin.

Katie añadió una bola de helado y salsa de chocolate.

"Se me acaba de ocurrir otra cosa", dijo El, echando la silla hacia atrás. Se volvió hacia Katie: "No eres alérgica a los frutos secos, ¿verdad?".

"No. Un par de chicos de mi colegio lo son, así que tenemos que tener cuidado, pero yo no soy alérgica a nada".

"Yo tampoco", dijo Benjamin, mientras ponía nueces trituradas encima de su gofre. Luego añadió nata montada, aunque él, al igual que Katie, ya tenía helado en su gofre.

"¿Me pones nata montada a mí también?".

Benjamin roció la nata sobre el gofre de Katie. "Tiene demasiado buen aspecto para comérselo ahora", dijo, y todos se rieron. Se le iluminó la cara: "MMMMM", dijo. "MMMMM".

Después de que cada uno comiera hasta saciarse, El preparó café.

"Estoy demasiado lleno para moverme", dijo Benjamin.

"Yo también", dijo Katie, dándose palmaditas en el estómago.

Abe miró su reloj, aún quedaba tiempo hasta que abriera la tienda. "Oh, quería preguntarte Katie, ¿cómo se llama tu colegio?".

"Voy a la Primaria St. Mary", dijo Katie.

Abe tecleó la dirección en Google.

"¿Te gusta el colegio?" preguntó Benjamin.

"Está bien.

"Mañana llamaremos a tu colegio", dijo El, "y les diremos que vas a faltar unos días".

"¿Quieres decir que no tengo que ir?" "No. Queremos que te quedes aquí de momento".

"¿Hasta que vuelva mi mamá?"

"Sí, hasta entonces", dijo Abe.

"¿Faltas a menudo al colegio?" preguntó El.

"Sólo si estoy enfermo o si mamá se encuentra mal, porque no me deja andar solo".

"¿Tu mamá se pone enferma a menudo?" preguntó Abe, pensando en las acusaciones de alcohol y drogas.

Katie empezó a llorar.

"Basta de preguntas por ahora", dijo El. Cogió la mano de Katie entre las suyas. "Vamos a quitarte la nata montada y la salsa de chocolate de la cara y a vestirte con tu nuevo traje. Vamos".

Katie la siguió y cuando estuvo a puerta cerrada dijo: "Mamá no quiere estar enferma".

"Claro que no, niña", dijo El mientras pasaba una toallita húmeda y caliente por la cara de Katie. "Ahora levanta los brazos y vamos a vestirte".

"Ya soy mayorcita".

"Incluso las niñas grandes necesitan un poco de ayuda a veces", dijo El mientras guiñaba un ojo.

"Gracias".

"Gracias a ti, por traer un poco de sol a mi casa".

Katie se lo pensó un momento y luego dijo: "Pero ya tenías sol, porque tenías a Benjamin".

El se rió. "Tienes razón, vemos sus rayos dorados todos los días. Ahora acompáñanos, no podemos dejar que los chicos estén listos antes que las chicas, ¿verdad?".

"¡Ni hablar!" rió Katie.

Capítulo 19

SGT. MILLER

CUANDO EL SARGENTO MILLER llegó a la comisaría le esperaba un mensaje urgente del forense:

"El cadáver de una mujer ha aparecido en las orillas del lago Ontario esta mañana temprano, cerca del Viaducto. Lugar habitual de suicidios. Ahora está en la morgue. No tiene identificación, pero se ajusta a la descripción de la mujer que me pediste que vigilara. Deberían verificar pronto la causa de la muerte. Ven cuando llegues, entonces te pondré al corriente".

Miller se dirigió inmediatamente a la morgue. El cuerpo estaba sobre la losa y el forense y su ayudante tomaron nota de la información.

"Quizá quieras echar un vistazo a esto", dijo, señalando el corte en la garganta de la mujer.

"El suicidio está descartado", sugirió Miller, "por el ángulo de la cuchilla no puede habérselo hecho ella misma".

"Exacto", confirmó el forense. "Y también encontramos restos de piel y pelo bajo sus uñas".

Miller miró las uñas de la mujer, pintadas de rojo cardenal. Al mirar su rostro, vio que en la comisura del labio superior quedaba una mancha del pintalabios a juego.

"Ya hemos enviado muestras al laboratorio. Deberíamos poder identificarla a ella y posiblemente a su agresor si encontramos alguna coincidencia en la base de datos".

"¿Te importa si cojo una muestra de sus huellas dactilares para pasarla por nuestra base de datos cuando vuelva a la oficina? Podría ser una vía más rápida para identificarla si la han fichado por algún delito".

El forense asintió.

"¿Qué más sabemos de ella?"

"La edad se estima entre 34-37 oh, y era multípara".

"Dos partos", dijo Miller. "¿Puedes decir cuándo tuvo a los niños?".

"Por cesárea. Hace siete u ocho años. Parto vaginal reciente".

"¿Algo más?"

"Calculamos la hora de la muerte el sábado por la noche, entre las 19.00 y las 21.00. No se encontraron alcohol ni drogas en el cuerpo". Dudó: "Una cosa más, tenía mordeduras en la parte posterior de las piernas". Giró el cuerpo. "Mira aquí y allá, mordeduras. Las tortugas mordedoras podrían ser la causa, pero las mordeduras son grandes".

"Ya veo", dijo Miller. "Gracias". Hizo una pausa. "¿Qué es eso, cerca de la columna?".

"Una marca de nacimiento".

Era del tamaño de un chiflado.

Miller salió del edificio y la luz del sol le golpeó con toda su fuerza. Se puso las gafas oscuras y siguió caminando hacia su vehículo pensando en el niño que se quedaba con Abe. Esperaba que la mujer muerta y la madre desaparecida no fueran la misma persona, pero su instinto le decía lo contrario.

Capítulo 20

ÁGUILA JURÍDICA

ABE SE LEVANTÓ Y salió de casa antes de que los demás se despertaran. Tras su conversación con El, concertó una cita con su viejo amigo, también su abogado, Travis Anders.

"Me gustaría que te adelantaras y redactaras los papeles. Cuando Benjamin cumpla veintiún años, heredará la casa y la tienda".

"Tranquilo. ¿Qué pasa con El?" dijo Travis.

"Podemos ayudarle en la tienda en lo que haga falta. Pero tendrá un incentivo para dar un paso adelante, implicarse más, ya que algún día será suya".

"El también necesita estar aquí. La casa y la tienda están a nombre de los dos".

"Si nos preparas los formularios, la traeré para que los firme. Ya lo hemos hablado".

"¿Cuál es la prisa?"

"No hay prisa como tal. Sólo quiero ponerlo en marcha. ¿Cuánto tardarás en tenerlo todo redactado?".

"Dame una semana", dijo Anders. "Luego debes volver con El. ¿Ya lo has hablado con Benjamin?"

"Todavía no. Quiero ver cómo queda sobre el papel. Cómo encaja todo antes de involucrarle".

"Acepto encantado tu dinero, Abe, pero si redacto los papeles y él se niega, tendrás que seguir pagando mis honorarios".

"Lo comprendo. No lo querría de otro modo".

"De acuerdo, Abe. Déjamelo a mí. Me pondré en contacto cuando esté listo y podrás traer a El". Dudó.

"Yo lo hablaría con Benjamin mientras tanto, aunque sea una situación hipotética".

"Una vez firmado, ¿será oficial?" preguntó Abe. "¿Y si cambiamos de opinión?"

"Incluiré un Codicilo. Por si decidís rescindir la oferta en el futuro".

"Gracias, Travis".

"Ah, y no estáis obligados legalmente a revelar el Codicilo al chico, a menos que decidáis hacerlo. Además, cuando le llevemos los papeles para que los firme, deberá estar presente su propio abogado. Si no puede permitírselo, sugiérele que se ponga en contacto con Asistencia Jurídica para que le ayude. Podemos hablar de eso cuando nos veamos, puedo informarle o recomendarle otro abogado. Tendremos que darle un poco de tiempo antes de que firme".

"Benjamin es como un hijo para nosotros", se levantó Abe, "y quiero facilitarle las cosas".

"Un momento, Abe, siéntate, por favor", dijo Travis. "Soy tu abogado, pero no puedo representaros a los dos. Es por su propia protección que consiga un abogado que no sea yo".

"Nos conocemos desde hace veinticinco años", dijo Abe. "Confío en ti. El chico no puede permitirse otro abogado. Me parece ridículo pagar a otro cuando confío en ti".

"Se lo explicaré todo uno a uno para que lo entienda y pueda hacer preguntas sin que tú ni tu mujer estéis presentes. El Codicilo es para tu tranquilidad y la de El. No es una reflexión sobre el chico, es una cuestión de derecho. Ponerlo todo por escrito, es para la protección de todos los implicados".

"Valoro tu consejo", dijo Abe. Hizo una pausa.

"Lo que me recuerda que la otra noche estuve viendo reposiciones de Matlock".

"Me encantaba esa serie", dijo Travis. "Continúa, por favor".

"Bueno, en el episodio intentaban obligar a una cónyuge a declarar contra su marido. Se produjo un caos, pero Matlock hizo que lo desestimaran".

"Ah, ese Matlock. Las normas han cambiado desde entonces. Hoy en día, en Canadá se puede citar a declarar a una esposa, pero no tiene que revelar nada. No si ocurrió durante el tiempo que estuvieron casados. Es lo que se conoce como privilegio matrimonial, artículo 4 de la Ley de Pruebas de Canadá".

"Realmente interesante", dijo Abe. "¿Cómo funciona con los hijos? ¿Se puede obligar a un padre a declarar contra un hijo o viceversa?".

"Ha habido muchas discusiones sobre esto a lo largo de los años".

"¿Y qué dice la ley?"

Travis fue a su estantería y hojeó hasta encontrar lo que buscaba. "Es el derecho básico del menor a ser oído en cualquier precedente. Es el artículo 12, de la Convención de las Naciones Unidas sobre los Derechos del Niño. Ratificada en 1991". Cerró el libro y lo guardó. "¿Alguna otra pregunta?"

"No, gracias por tu tiempo". Abe se levantó y extendió la mano.

"Estaré en contacto", dijo Travis.

Abe se dirigió a casa. Tener a alguien que cuidara de su mujer cuando él se hubiera ido era su prioridad número uno. Ya casi en casa, se preguntó si el sargento Miller tendría alguna noticia que compartir. En esta situación, ninguna noticia era buena. Cuando por fin llegó a casa, entró.

Capítulo 21

SGT. MILLER EN COMISARÍA

EL SARGENTO MILLER VIO cómo hombres y mujeres esposados desfilaban hacia la comisaría. Se sintió como si estuviera en medio de un mal programa de telerrealidad.

"¿Era una fiesta?", preguntó al agente encargado de la detención.

"Sí, una fiesta callejera en el lado este. Drogas y alcohol por todas partes".

Una mujer le llamó la atención, mientras firmaba un formulario. Era rubia, con una falda notablemente demasiado corta y demasiado maquillaje. Le lanzó un beso. Él le dio la espalda. Mejor un cadáver que una madre.

Se preguntó si cualquier madre era mejor que ninguna. Era como la pregunta si un árbol cae en un bosque ¿alguien lo oye? En teoría no había respuestas correctas, pero en realidad, ninguna madre debía de ser mejor que algunas de las que había encontrado.

Volvió a su despacho justo a tiempo para ver los resultados del escáner de huellas de la mujer de la losa. Efectivamente, estaba en la base de datos, pero no siempre había sido de aquí. Era de Quebec. Se preguntó qué hacía en la ciudad. Siguió buscando información y encontró un Informe de Persona Desaparecida. Sí, era la mujer de la losa. Hojeó el expediente, investigando sus antecedentes. Luego llamó a uno de sus amigos de Montreal. Uno al que no le importaba conversar en inglés, y le puso al corriente de los detalles.

"Acaban de encontrar el cadáver de una mujer, según un informe de persona desaparecida presentado a través de tu oficina, se trata de Marie Levesque", dijo Miller.

Se hizo el silencio al otro lado, antes de que el agente LaPlante preguntara: "¿Causa de la muerte?".

"Le cortaron el cuello, pero aún no se ha determinado si ésa fue la causa de la muerte".

"Se lo haré saber. Está trabajando con la Policía Provincial de Ontario".

"¿Es un agente local? Puedo ponerme en contacto con él si lo prefieres. Dile lo que quiera saber y dónde tiene que venir para identificar el cadáver. Puedo estar allí con él si lo desea. Si no tiene familia aquí".

"Ella era todo lo que tenía", vaciló la voz de LaPlante. "Trabajaba encubierto".

Miller vaciló. "¿Podría este asesinato tener algo que ver con sus investigaciones? ¿Se ha descubierto su tapadera?"

"No lo sé. Lo llevaré hasta el asta de la bandera. Averiguaré lo que pueda, y tú haz lo mismo por tu parte. ¿Tienes contactos en la OPP?"

"Claro que sí, seré discreto".

"Gracias, Alex".

"De nada".

Miller colgó, pero mantuvo el teléfono pegado a la oreja. Se frotó la barbilla en el lugar donde solía tener barba. Echaba de menos aquella barba, pero seguro que su mujer no.

Al menos no había sido la madre de la pequeña Katie, pero seguía siendo un asesinato. Con la OPP implicada las cosas en la ciudad podrían complicarse un poco más. Marcó el número de Abe y esperó a que sonara varias veces.

✱✱✱

"Hola Abe, soy el sargento Miller, soy Alex".

"Hola".

"¿Llamo para ver cómo está Katie?"

"Sí, Katie se está instalando bien", confirmó Abe. "¿Alguna noticia sobre su madre?"

"Tenemos algunas pistas, aunque nada seguro".

"¿Puedo ayudar?"

"Nos gustaría tener más información sobre ella, como su apellido".

"Es Walker, lo he averiguado hablando con uno de sus vecinos".

Se sentó. "¿Cuándo?"

"El sábado. Mientras El la llevaba a comprar lo necesario, yo fui a echar un vistazo".

"Supongo que la Sra. Walker no estaba en casa.

"Ni rastro de ella ni de nadie. Charlé con los vecinos".

"¿Te hiciste pasar por uno de nosotros, es decir, por policía?".

"¿Yo? No creo que pudiera hacerlo, soy demasiado bajito", dijo Abe. Ambos se rieron. "No te preocupes, fui discreto".

"¿Algo pertinente que quieras compartir?"

"Bueno, muchos hombres. Un vecino dijo que era como si la casa tuviera una puerta giratoria. Dijo que la madre era la comidilla de la calle, y no en un sentido positivo".

"Interesante. ¿Percibiste animadversión o algo parecido a un motivo?"

"No, en absoluto. Es entrometida y aburrida, pero no es probable que sea una asesina. La mujer con la que pasé más tiempo apreciaba a Katie. La vio salir de casa. Se preguntaba por qué llevaba su muñeca al colegio. Nunca los vio volver a casa. Mi valoración fue: esta mujer sabe todo lo que pasa, en la calle con todo el mundo".

"De acuerdo, Abe, gracias por avisarme. Pero mantente alejado de la zona ahora, déjanos la investigación a nosotros".

"Si tú y los agentes vais a ir a la casa, me gustaría acompañaros, si puedo".

Miller respiró profundamente. "No es el procedimiento habitual llevar a un civil y tardaremos un rato en conseguir una orden judicial. Probablemente tendremos que derribar la puerta".

"Aun así, me gustaría estar allí. Prometo no estorbar, y los vecinos me han visto, me conocen".

"Como eres tú, supongo que puedo hacer una excepción si prometes permanecer en el vehículo hasta que te diga lo contrario. Te avisaré cuando haya solicitado la orden y un equipo para que venga. Si estás preparado, puedes unirte a nosotros. Si no, iremos a la residencia Walker sin ti. ¿Está claro?"

"Cien por cien", dijo Abe, sonriendo al otro lado del teléfono. Colgó y se volvió hacia su mujer, que estaba ocupada peinando a Katie: "Puede que tenga que salir en cuanto suene el teléfono".

"¿Tiene esto algo que ver con Katie?" preguntó Benjamin. Había estado viendo la televisión.

Abe se acercó a él y le susurró: "Era el sargento Miller al teléfono. No tienen noticias definitivas".

"¿Puedo acompañarte?" preguntó Benjamin.

"Innecesario, pero gracias", dijo Abe. Bajó la voz a un susurro: "El sargento Miller no quería que te acompañara, pero yo insistí. Entre tú y yo vamos a investigar su casa".

"Vale, hazme saber lo que encuentres. Mientras tanto, yo me encargaré de las cosas aquí. Quizá saque a Katie a tomar el aire". Benjamin se levantó y dijo: "¿Alguien quiere dar un paseo?".

"¡Yo!" chilló Katie.

"¡Yo también!" dijo El.

Se fueron y Abe se sentó junto al teléfono a esperar la llamada del sargento Miller.

Capítulo 22

COMPROBANDO COSAS

MILLER INFORMÓ AL JEFE de policía sobre la situación de Katie. Mientras esperaba la orden de registro, organizó a dos agentes para que le acompañaran. Llamó a Abe: "Estaremos en tu casa en diez minutos, ¿estás preparado?".

"Diez y cuatro", respondió Abe.

Los agentes se rieron detrás de Miller.

"Es un buen hombre", dijo Miller, mientras pisaba a fondo el acelerador.

Abe estaba muy emocionado por formar parte de la operación. Sonrió cuando el coche se detuvo ante la casa. Miller se apeó y le entregó un chaleco antibalas que se puso bajo la camisa.

Mientras lo hacía, Miller le presentó a los agentes Belago y Rippon. Les estrechó la mano. Quería hacerles saber que Abe Julius no era un cobarde.

Abe se movió para pasar al asiento trasero, pero los dos agentes le cedieron el paso para que pudiera entrar delante. "Y no, no puedes jugar con la sirena", dijo Miller. Los agentes rieron entre dientes.

Miller tenía el pie un poco adelantado y uno de los agentes de atrás se lo dijo. Se rió. "Sigo siendo tu jefe, incluso con un civil en el asiento delantero. En la casa entraremos los tres. Abe, según lo acordado, permanecerás en el vehículo".

"Sí, lo entiendo, pero avísame si necesitas mi ayuda".

"Sí". Luego miró por el retrovisor: "Una vez dentro chicos, echaremos un vistazo rápido. Como siempre, poneos los guantes y recordad que no debéis tocar ni mover nada.

"Como ya hemos hablado, una fotografía de la madre y la hija nos vendría muy bien. Busca también una en la que aparezca el padre".

Abe se removió en su asiento. Le encantaría tener la oportunidad de tomar otra taza de té y charlar con la vecina entrometida.

"Dejaré la radio encendida cuando entremos para que puedas escuchar algunas melodías".

Se detuvieron en un cruce atascado. Un choque entre varios vehículos estaba bloqueando el tráfico. Miller encendió la luz roja con la sirena y abrió paso, después de preguntar si todos estaban bien.

"¿Me prestas eso alguna vez?". preguntó Abe, bajando la ventanilla.

Todos se rieron mientras Miller decía: "Ni hablar".

"Ya estamos aquí", dijo el agente Belago.

Miller subió el volumen de la radio. "Todo listo, Abe. Quédate aquí y no te muevas".

"Protegeré el vehículo", dijo Abe.

El sargento Miller se puso los guantes. "Vamos, chicos".

∗∗∗

EL SARGENTO MILLER LLAMÓ primero a la puerta y luego llamó al timbre, mientras los agentes Rippon y Belago vigilaban. Cuando nadie respondió, Rippon rodeó el lado derecho de la casa, mientras Belago cubría el otro lado. Regresaron al cabo de unos instantes.

"Todo despejado", dijo Belago.

"Todo despejado, jefe".

"Bien, veamos si podemos entrar sin derribar la puerta", dijo Miller.

Belago sacó herramientas del maletero del coche. Forzaron la cerradura en un santiamén.

Miller metió la cabeza dentro y gritó: "¿Hola? ¿Hay alguien en casa?".

Al no oír nada, entraron con las armas preparadas. El único sonido era el zumbido del frigorífico. Miller abrió la puerta y la encontró llena de comida, condimentos y varias botellas de vino descorchadas.

"No parece alguien que haya planeado un viaje", conjeturó.

Belago y Rippon investigaron la planta baja.

"Todo despejado y asegurado", informó Belago.

En la repisa de la chimenea del salón se veían fotos familiares. "Coge ésa", dijo Miller, señalando una foto de una niña y un hombre. Abe no había mencionado a su padre. De hecho, el vecino le había dicho a Abe que la casa tenía una puerta giratoria de hombres. Entonces, ¿quién era el de la foto con Katie? Después de mirar todas las fotos expuestas, le sorprendió que no hubiera fotos de madre e hija.

Los agentes siguieron a Miller por las chirriantes escaleras alfombradas.

"¡Hola, policía!" gritó Miller, con el arma apuntando hacia delante y preparado para cualquier cosa. Cualquier cosa menos lo que asaltó su nariz. El inolvidable hedor de la muerte.

Los agentes tuvieron arcadas involuntarias, mientras seguían avanzando hacia lo alto de la escalera. Ahora, en el rellano, el hedor era insoportable.

En contraste con el hedor, la primera habitación a la derecha era una habitación infantil, toda de color rosa, con volantes en la cama y papel pintado de flores.

A medida que avanzaban, el hedor empeoraba y los ojos se les llenaban de agua. "Esto no tiene buena pinta, jefe", dijo Belago, y luego contuvo la respiración.

"Tampoco huele muy bien", replicó Miller mientras avanzaba hacia la habitación que había al final del pasillo.

Resultó ser el dormitorio principal, con la puerta abierta de par en par y dentro, en la cama, había un hombre muerto.

Y no era un muerto cualquiera. Era el hombre que acababan de ver abajo en una foto sobre la repisa de la chimenea con la niña.

Estaba bajo las sábanas, pero el torso y la parte inferior del cuerpo tenían un aspecto extraño, o para ser más concretos, estaban alineados de forma extraña. Erguidos, pero no rectos. Echó hacia atrás las mantas.

"Jesús", dijo el agente Belago al observar que el hombre estaba sentado sobre sí mismo.

"¿Por qué alguien sentaría así a alguien después de haberlo cortado por la mitad?". preguntó Miller.

"Aquí no hay sangre", observó Rippon, "ni rastro de sangre".

De ambas mitades del torso emanaban zarcillos carnosos.

"Se ha instalado el rigor mortis, lo que explica un poco la posición", dijo Miller. "Voy a avisar, vosotros dos buscad el arma por los alrededores". Luego volvió a hablar por teléfono.

"Sí, soy el sargento Miller. Necesitamos un equipo forense completo aquí abajo. Y refuerzos para asegurar la propiedad. También al forense, una ambulancia y una bolsa para cadáveres. Ah, y diles que no utilicen las sirenas: no queremos que todo el barrio salga a ver el espectáculo. Sí, diez cuatro".

"Jefe, hemos encontrado algo", llamó Belago desde el fondo del pasillo.

El cuarto de baño era un caos sangriento. En la bañera: una motosierra. Le habían echado lejía para disimular el olor de la sangre.

"Sin duda se cortó aquí", dijo Rippon, tapándose la nariz con el dorso de la mano.

"Lejía, sangre y ambientador, una combinación letal", dijo Miller, conteniendo un jadeo.

Volvió a llamar: "Dile al equipo forense que venga con todo el equipo". Luego a los agentes: "Veamos qué pruebas podemos reunir antes de que lleguen los demás".

"¿Qué pasa con tu amigo del coche?"

"Se quedará quieto, hasta que le diga lo contrario".

"¿No es de los curiosos?" preguntó Belago.

"Sí que es curioso, pero sabe cuándo poner un límite".

Capítulo 23

EL CUERPO

VOLVIERON A LA HABITACIÓN con el cadáver cuando sonó el teléfono de Miller. Era el jefe de policía pidiendo más detalles sobre el hombre asesinado. "Lleva muerto un par de días, treinta y tantos, varón, caucásico".

"¿Alguna idea de cómo murió?"

"Sí. Encontramos una sierra circular en el cuarto de baño. Lo descuartizaron allí y luego lo trasladaron en dos partes a la cama. Se tomaron muchas molestias para vaciar primero el cuerpo y colocar los segmentos bajo las mantas de la cama. Era como si estuviera sentado a su lado".

"Parece alguien con un extraño sentido del humor".

"Aquí viven una madre y su hijo. Este tipo estaba en una foto en la repisa de la chimenea con la pequeña Katie. No veo cómo pudo hacerlo una mujer, sin ayuda".

"Parece un trabajo para dos personas, por lo menos. Ponme al corriente cuando vuelvas a la comisaría".

"Lo haré", dijo Miller, y luego desconectó.

"Sargento", susurró Rippon, "este tipo me resulta familiar".

"Estaba en la foto de abajo".

Miller se rió. "Estoy de acuerdo, se parece a alguien. ¿Quizá es de una familia importante?".

"¡Hola!", llamó una voz de mujer desde el piso de abajo.

"Jesús, ¿y ahora quién es?". preguntó Miller, saliendo al final de la escalera.

La mujer del vestíbulo encajaba con la descripción de la "vecina entrometida" con la que Abe dijo haber hablado. Se inclinó sobre la barandilla.

"Por favor, abandone el lugar inmediatamente".

Ella no se movió, como si tuviera los pies cementados en su sitio. Empezó a balbucear: "Tan preocupada por esa niña, pobrecita".

Él empezó a bajar las escaleras: "Tienes que irte".

Ella dio un respingo.

"Gracias por tu... preocupación, pero necesitamos que te vayas, ahora". La sacó de la casa y la condujo al jardín delantero. Miró fijamente a Abe, preguntándose por qué no le había impedido entrar, y luego recordó que había dado instrucciones específicas a su viejo amigo para que permaneciera junto al vehículo pasara lo que pasara.

Miller volvió al interior de la casa y cerró la puerta principal tras de sí. Había bajado cuando llegaron el equipo forense y los demás y les había dejado entrar en lugar de arriesgarse a que alguno de los otros vecinos se aventurara a entrar.

Judy Smith moqueó en el pañuelo que llevaba en el jardín y vio a Abe en el coche patrulla. Le saludó y él le devolvió el saludo.

Luego cruzó la calle hasta el patio delantero de su casa y se quedó boquiabierta.

***

NO TARDARON VARIOS VEHÍCULOS en llenar el camino de entrada y alinearse en las calles.

"Aquí no hay nada que ver", dijo uno de ellos a Judy Smith.

Abe observaba todo lo que ocurría a su alrededor, muriéndose por saber qué estaba pasando. ¿Qué habían encontrado dentro? ¿Había muerto la madre de Katie? Habían traído una camilla para alguien. ¿Quizá estaba herida? Y Judy Smith había entrado directamente en la casa, valiente como el bronce. Si pudiera salir y hacer preguntas.

Siguió observando, mientras acordonaban la propiedad con aquella cinta amarilla que sólo había visto en la televisión. Y el equipo de personas que entraron con máscaras y guantes: eran forenses. También los había visto en la tele.

Se sintió como un gansito y se alegró cuando Miller volvió al coche.

Siguieron conduciendo y Miller no dijo ni una palabra en todo el trayecto. Ni siquiera se despidió cuando Abe salió del coche.

✳✳✳

D E VUELTA A LA casa de los Walker, Miller repasa lo que sabe. Agradece a Abe que no le asalte a preguntas.

Cuando aparcó al final de la calle de la casa, salió del coche. Notó un cambio de cortinas y se preguntó si sería allí donde vivía el vecino entrometido. Llamó a la puerta principal y mostró su placa.

"Sargento Miller", dijo. "Siento lo de antes, pero no se permite la presencia de civiles en la escena del crimen".

"Lo entiendo", dijo ella. Luego se inclinó hacia ella: "Nunca me pierdo un episodio de CSI y he leído todas las novelas de Agatha Christie".

Él sonrió. "¿Te importa que te haga unas preguntas?".

"No, estaré encantada de ayudarte. Estoy todo el tiempo en casa con problemas de movilidad. Pasa y siéntate". La siguió hasta el salón. Su silla estaba medio orientada hacia la televisión y medio hacia la calle. La habitación desprendía un ligero olor a cigarrillos y VapoRub. La corpulenta mujer se dejó caer en vez de sentarse en la silla.

Miller la dejó acomodarse y luego preguntó: "¿Cuándo fue la última vez que vio entrar o salir a alguien de la casa de enfrente?".

Ella cruzó las manos y las puso sobre su regazo. "El viernes por la mañana, la niña y su madre se fueron, más tarde de lo habitual".

"Se llama Katie, ¿verdad? ¿Y su madre se llama Jennifer?"

"Sí, así es. Y llevaban esa muñeca a rastras".

"¿Algo más sobre la Sra. Walker? Nos dijeron que volvió a la casa, después de salir, pero sin la niña".

"No que yo viera". Hizo una pausa. "Ahora que lo pienso, me he dado una ducha rápida". Dudó, luego se inclinó más y susurró: "No soy de las que cuentan historias, pero una cosa que me llamó la atención de la señora Walker fue que aquella mañana llevaba peluca. Me pregunté adónde podía ir aquella mujer con su hijita calzando sandalias brillantes y llevando una muñeca en un día de colegio. Pensé que quizá la llevaba para lucirla, pero eso está reservado a los niños más pequeños". Vaciló.

Miró por la ventana mientras pasaba un coche, y luego continuó. "¿Y se vistió así y se puso una peluca? Todo aquello no tenía ningún sentido. Y yo pensaba en aquella pobre niña.

"He vivido en esta calle toda mi vida adulta y he visto muchas cosas extrañas. Me llevaría mucho tiempo contártelo todo". Respiró hondo. "Pero a ti no te interesa todo eso, sino los Caminantes. Déjame decirte que aquella mañana fue la primera vez y probablemente la última que veré a un trío tan inusual caminando por nuestra calle."

"Una peluca, ¿eh?" Aquello era información nueva. Sacó papel y bolígrafo.

"Sí, era extraño. Además de la peluca, Katie llevaba sandalias, inapropiadas para ir al colegio. Cuando mis hijos iban al colegio, las sandalias no estaban permitidas. Había normas que cumplir. Todo cambia, siempre a peor". Resopló. "Además, esta niña se esforzaba por seguir el ritmo y acababan de salir de casa y llevaba una muñeca con ella".

"Y la noche anterior, ¿viste u oíste algo?". Conocía su tipo. Abe tenía razón. Judy Smith no tenía nada mejor que hacer que meter las narices en los asuntos de los demás. No era exactamente una cualidad que buscara en una amiga, o en una vecina, pero en este caso ella podría acabar siendo su única pista.

Se lo pensó. "La noche anterior, nada. Nadie entró ni salió". Duda. "El día anterior, sin embargo, recuerdo algo. ¿Quieres una taza de té?" Giró un poco el cuerpo para mirar a un gato que pasaba por allí.

"No, gracias", dijo. "Continúa, por favor".

"El jueves salí a buscar lombrices para mi hijo".

Levantó la vista de su bloc de notas.

"Mi hijo pesca en sus días libres. El médico dice que está bien, que estoy recogiendo lombrices".

Asintió: "Sólo los hechos, por favor". Deseó tanto que fuera al grano.

"Oí gritos y voces que se levantaban".

Se enderezó, interesado de nuevo. "¿De una mujer? ¿De un niño?"

"De una mujer, sí. Y de un hombre".

Asintió para que continuara.

"Terminé de recoger los gusanos y todo quedó en silencio. Volví a entrar".

"¿Tienes idea de quién era el hombre o de cuándo llegó?".

Ella frunció el ceño. "En esa casa entraban y salían hombres. Necesitaría una lista exhaustiva para seguirles la pista". Cogió una novela de bolsillo y se abanicó. "Oh, recuerdo algo más. Se me acaba de ocurrir. El viernes, hacia el mediodía, cuando llegó a casa la Sra. Walker, había un coche esperándola. Lo dejó entrar en el garaje".

"¿Y qué pasó?"

"Me quedé dormida. A veces duermo aquí, en mi sillón. Pero lo oí, claramente: un zumbido. Como un cortacésped, o".

"¿Una sierra?"

"Podría haber sido una sierra".

"Ah", dijo. "¿Viste salir el vehículo?"

"No." La puerta principal se abrió de golpe y luego se cerró de golpe. "¿Charlie?", llamó ella. Charlie era su hijo taxista y, tras presentárselo, le puso al corriente de la conversación.

"Vine a comer a casa el viernes por la tarde", dijo. "Mamá se había quedado dormida en la silla, pero el ruido la despertó. Lo oí cuando volvía de mi coche. A mí me sonó como una sierra eléctrica".

"¿Estáis los dos seguros de la hora?".

Asienten.

Arriba, Miller oyó el roce de una silla contra el suelo. "¿Hay alguien más en la casa?".

Por primera vez, la mujer sonaba nerviosa y se retorcía las manos al hablar. "Sí, es mi otro hijo. Enseguida subo", gritó, sin intentar levantarse.

Un ruido, como el de un animal herido, resonó por toda la casa. Tras dos intentos, se puso en pie. "Dicen que no está en sus cabales, pero sigue siendo mi hijo".

"No pasa nada, mamá", dijo Charlie, dándole una palmada en el brazo al pasar.

"Me gustaría conocerle", dijo Miller.

"Claro, sube", dice Judy mientras sube el primer tramo de escaleras agarrándose a las barandillas de ambos lados. Miller va detrás. Al llegar al final de la escalera, llamó suavemente antes de entrar. "Tenemos un invitado que desea verte, mi amor, es policía".

Miller entró a codazos y tendió la mano al hombre, que no la correspondió. En su lugar, se sentó con los dedos de la mano derecha sobre el teclado de un pequeño ordenador portátil. El hombre miró por la ventana a un coche que pasaba y pulsó el teclado.

Cruzó la habitación para mirar más de cerca. El hombre estaba tecleando la matrícula del coche patrulla que había fuera. No sólo del coche patrulla, sino de todos los vehículos que veía. "¿Te interesan los vehículos o las matrículas?", preguntó.

"¡No, no, noooo!", gritó, golpeándose la cabeza con ambos puños.

"Gerald, deja de hacer eso", le dijo su madre, cogiéndole los puños y, cuando se calmó, besándole en la frente, soltándoselos. "El buen hombre sólo se interesaba por tu trabajo".

Gerald dio unos golpecitos en el teclado.

"Ya nos vamos, no seas grosero ni avergüences más a tu madre. Sigue haciendo un buen trabajo". Cerró la puerta tras ellos. En las escaleras dijo: "Tiene problemas".

"Todos los tenemos", contestó Miller. De vuelta en el salón, Charlie se había ido.

Esperó a que ella se sentara, antes de sentarse él. "Te referías a lo que hacía como trabajo, ¿qué querías decir con eso?".

"¿Has oído hablar alguna vez del término hexakosioihexekontahexafobia o triskaidekafobia?", preguntó ella.

"Me temo que no. Pero destaca el término fobia. Tiene fobias, ¿cuáles son?".

"Le dan miedo números como el sesenta y seis y el trece. No hay ni rima ni razón de por qué. Cuando conoció a una psiquiatra, le sugirió que llevara un registro de letras o números. Registra las matrículas, le resultan más fáciles de ver porque está en su habitación la mayor parte del tiempo".

"Eso podría ser beneficioso para nosotros, ver lo que ha registrado. ¿Cuánto tiempo lleva haciéndolo?

"Años, y sí, podría organizarse, si eso nos ayudara".

"No sé si lo sabes, pero Jennifer Walker ha desaparecido. Cualquier información sobre su paradero sería útil".

Le entrega su tarjeta. "Tiene mi dirección de correo electrónico. Si puedes enviarme el archivo, no hace falta que esté arreglado ni que sea bonito. Dejaré que mi personal le eche un vistazo y vea si hay algo útil".

Le acompañó hasta la puerta y se despidió. Mientras se alejaba, Miller vio que las cortinas del piso de arriba se abrían un poco y volvían a cerrarse.

Aquel joven de arriba tenía un tesoro de información. Quizá un registro de todas las matrículas de todos los vehículos que habían llegado alguna vez a la calle.

Se preguntó si los vecinos sabrían que sus vehículos y los de sus invitados estaban rotulados. Sonrió. Si lo sabían, seguro que no les gustaría, y probablemente iba en contra de todas las leyes de protección de la intimidad. Aun así, tenía que resolver un asesinato y encontrar a una mujer desaparecida, y utilizaría todos los medios a su alcance para descubrir la causa subyacente.

De vuelta a la comisaría, pensó en lo fácil que le había resultado a Abe encontrar al vecino entrometido. Tenía buen instinto y lo había localizado rápidamente, y era la primera vez que visitaba el barrio. Era justo suponer que todos los vecinos conocían la costumbre de Judy Smith de meter las narices en sus vidas. ¿Por eso la persona que descuartizó el cadáver lo dejó allí, bajo las sábanas, en lugar de deshacerse de él?

Volvió a la comisaría. Por mucho que lo intentara, no podía quitarse de las fosas nasales el hedor de la muerte. Comprobó su correo electrónico, nada de la mujer Smith hasta el momento.

Sin ningún mensaje ni nueva información que seguir, se dirigió a la morgue. Al menos podría ponerles al corriente de la última información: Jennifer Walker llevaba peluca. Ahora tendrá que ampliar su campo de acción.

No puede hacer mucho más hasta que hayan identificado al muerto. Le gustaría poder recordar dónde lo vio. Pero ese recuerdo estaba fuera de su alcance.

De lo único que estaba seguro era de que aquel hombre no tramaba nada bueno.

Chapitre 24

ABE Y EL

CUANDO VOLVIÓ A CASA, Abe fue directamente a su despacho. Necesitaba tiempo a solas para procesar todo lo que había visto.

"Toc, toc", dijo El al entrar. "Pareces preocupado, amor", masajeó suavemente el hombro de su marido.

"Sólo pensaba", dijo él, mientras se enderezaba en la silla. Siguió masajeándole los hombros y luego le acarició el cuello.

Cuando los dedos empezaron a dolerle, preguntó: "¿Quieres una taza de té caliente?".

Abe se levantó. "Sí, pero me la traeré yo". Salió del despacho.

El le siguió: "¿Por qué no te preparo una? A mí también me vendría bien una taza de té".

"No, déjame a mí", dijo Abe mientras se acercaban a la cocina. El le seguía de cerca.

"¿Quieres dejar de quejarte? dijo Abe, bastante más alto de lo que esperaba.

"¿Va todo bien?" preguntó Benjamin.

El respondió: "Todo va bien. Estamos decidiendo quién hace una taza de té mejor. De momento, Abe cree que va ganando. Ahora, volved a ver vuestro partido".

Benjamin y Katie, aburridos de la televisión, la apagaron y se pusieron a jugar una partida de damas.

"¡No me dejéis ganar esta vez!" dijo Katie.

"¡Nunca!" dijo Benjamin, por encima del ruido metálico de tazas y platillos en la cocina.

Unos instantes después, El asomó la cabeza por el salón. "¿Quién va ganando?", preguntó.

"Shhh", dijo Katie. "Se está concentrando".

Benjamin sonrió.

"Hace un día soleado precioso ahí fuera y creo que deberíais salir a tomar el aire. O tal vez, ¡patear una pelota!"

"Es una idea inteligente. Vamos". dijo Benjamin.

"¡Sólo lo dice porque voy ganando!" arrulló Katie, mientras lo seguía por la puerta hasta el jardín trasero.

De la licorera de la esquina de la misma habitación, El sirvió un trago del whisky escocés de cincuenta años favorito de Abe en un vaso. Añadió un chorrito de soda. Se lo llevó.

"Pensé que quizá algo más fuerte podría calmar tus nervios".

Él sonrió y le dio las gracias, tocándole la mano. "Lo siento, El.

Ella le besó en la frente y luego se acercó a la ventana de la cocina, que daba al jardín. El se rió y pronto Abe se unió a ella. Juntos observaron a los dos niños que corrían y jugaban en el jardín.

Abe bebió unos sorbos y se relajó, esperando que la bolsa para cadáveres que había visto en la casa no contuviera el cuerpo sin vida de Jennifer Walker, la madre de Katie.

Capítulo 25

SGT. MILLER

MILLER LLEGÓ A LA morgue y mantuvo una breve charla con el Jefe de Patología Forense, J. T. Patterson, que luego tuvo que dejarle para atender una identificación.

Momentos después llegaron los técnicos de la autopsia con la bolsa para cadáveres de la casa de los Walker. Adjunta había una hoja de identificación y un contenedor marcado con Efectos Personales. Un fotógrafo tomó fotos mientras se retiraba el precinto. Luego colocaron el cadáver en la mesa de reconocimiento. Miller se apartó de su camino, mientras los médicos desenvolvían el cadáver.

Patterson volvió a entrar en la habitación y lo apartó. "Un agente de la OPP está arriba, en la sala de observación. Acaba de identificar el cadáver de su mujer".

"¿Levesque?" preguntó Miller.

"Sí, ¿le conoces?"

"No, pero fui yo quien denunció el cadáver y por la información que vi en la base de datos pensé que era ella".

"¿Te importaría charlar con él? Desde ahí arriba podrá ver todo lo que ocurre aquí abajo. Pasará un rato antes de que empecemos la autopsia".

"Claro que sí".

"Una vez que empecemos, no dudes en hacer preguntas. Podremos oírte y responderte, aunque es posible que nuestras respuestas no sean inmediatas. Nuestra prioridad es el cuerpo de la persona".

"Y con razón", dijo Miller. Luego salió de la sala, deteniéndose brevemente en el camino para coger una taza de té caliente de la máquina expendedora. Se la entregó a Levesque, se presentó y dijo: "Siento lo de tu mujer".

"Merci. Ella lo era todo para mí, monde entier. Nuestros hijos tampoco sobrevivieron. Le rompió el corazón. Por eso nos mudamos aquí, para cambiar de aires y empezar de nuevo". Contuvo un sollozo y bebió un sorbo de té caliente. "Bien", dijo.

"Lo siento mucho".

"Gracias".

Miller y Levesque se sentaron uno al lado del otro mientras el personal de abajo se preparaba para empezar la autopsia.

"¿Podemos ir a otro sitio?" dijo Miller.

"No, ésa no es mi mujer. Estoy bien".

Patterson volvió a la sala de autopsias de abajo, vestido con un traje de quirófano, marca quirúrgica, guantes y botas negras altas. Miller y Levesque observaron cómo tomaban muestras y las colocaban en recipientes que, a su vez, se introducían en cabinas de bioseguridad.

Cuando parecía que estaban terminando, Miller preguntó: "Eh, ¿qué sabéis hasta ahora?".

"Gracias por esperar", dijo Patterson. "Basándonos en los hematomas alrededor de la nariz y la boca, y en el estado sanguinolento de sus ojos, la muerte por asfixia es muy probable. Aunque tenemos que esperar a que lleguen las muestras de sangre del laboratorio para confirmarlo."

"Entonces, ¿estaba muerto antes de que lo cortaran en dos?"

"Yo diría que sí", confirmó Patterson.

"Conozco a este hombre", dijo Levesque, casi derramando la taza de té que ahora colocaba en la repisa.

Miller se acercó. "¿Quién es? Yo también le reconozco, al igual que mis agentes, pero ninguno de nosotros recordaba dónde le habíamos visto".

"Se llama Mark Wheeler. Hemos estado investigándole a él y a sus socios en el tráfico de drogas. Es hijo de F. D. Wheeler, el multimillonario y magnate de los medios de comunicación".

Miller lo recordaba ahora; había conocido a padre e hijo en actos de recaudación de fondos. "¿Te dice algo el nombre de Jennifer Walker?".

"Sí, era su última conquista, su parte del negocio. ¿Qué le ocurrió?"

"Le encontramos así en su casa y ella ha desaparecido".

"¿Es sospechosa?"

"Sin duda. Y escucha esto, su cuerpo estaba cortado por la mitad con una sierra. Colocado en la cama, como si estuviera sentado a su lado".

"Parece una declaración".

"¿Una declaración hecha por quién? ¿Y para quién?"

"Eso no lo sé", dijo Levesque.

Miller añadió. "Jennifer Walker tenía una niña; ¿lo sabías?".

"No, no lo sabía. ¿También ha desaparecido?

"No, está a salvo, pero no hay rastro de su madre. Y esa casa estaba hecha un desastre. No puede volver allí".

Levesque se puso en pie. "Siento oírlo, pero me esperan en la funeraria. Si se me ocurre algo que pueda ayudar, te lo haré saber. Gracias por tus amables palabras y por la taza de té". Tiró la taza vacía a la papelera y salió de la habitación.

Patterson, al ver salir a Levesque, dijo: "Te llamaré cuando sepamos algo con seguridad. No tiene sentido quedarse. Pasarán días antes de que el laboratorio tenga los resultados de algunas cosas, de otras, tal vez horas si tenemos suerte."

"Gracias".

Miller volvió a la comisaría y tecleó el nombre de Mark Wheeler en la base de datos. Había mucha información sobre él, tanto buena como mala. Aunque sobre todo mala, ya que estaba metido de lleno en el juego de la droga. Pasó la tarde rellenando informes y envió a un par de agentes a avisar a sus familiares.

Miller se entretuvo en la comisaría, comprobando dónde le necesitaban, cuando varias horas después llamó Patterson. "Acaban de llegar los resultados: la causa de la muerte fue asfixia. Tenía razón: estaba muerto cuando lo cortaron por la mitad".

Capítulo 26

HOGAR DULCE HOGAR

Era casi medianoche. La casa estaba en silencio, excepto por un sonido: el de los pies descalzos de Abe golpeando el suelo de madera mientras iba de un lado a otro. Estaba casi vestido, salvo los calcetines y los zapatos. Suspiró, se llevó las manos a la espalda y echó a andar. Luego se volvió y caminó en dirección contraria.

El estaba en camisón, echándose crema fría en las mejillas y la frente. Apoyó la almohada y cogió un libro de poesía de Mary Oliver de la mesilla de noche y empezó a leer. Aunque Mary era su poetisa favorita, El no podía concentrarse en las palabras ni en el ritmo de los versos.

Cerró el libro, levantó las sábanas y observó a su marido que caminaba arriba y abajo. Finalmente, preguntó: "¿Qué te pasa, amor mío?".

Abe se detuvo un segundo y luego volvió a deambular.

"Dime. Ya sabes lo que dicen de un problema compartido".

"No puedo".

El bajó la cama y se puso las zapatillas. Llevó a Abe de la mano y lo dejó en el extremo de su lado de la cama. Se arrodilló, acunándole la cabeza entre las manos, y pasó a masajearle las sienes. Abe se resistió al principio, sobre todo porque estaba muy cansado, pero pronto su respiración se calmó. Le desabrochó los botones y le quitó la camisa, luego se la cambió por el camisón. Intentó desabrocharle los pantalones.

"Puedo hacer el resto yo solo", dijo Abe, mientras se desabrochaba los pantalones y se bajaba los calzoncillos.

El recogió la ropa sucia y la metió en el cesto de la ropa sucia. Cuando volvió, Abe estaba de pie como un niño pequeño esperando a que su madre lo metiera en la cama.

"Como quieras", dijo ella, llevándolo de la mano, mulléndole la almohada, acomodándolo bajo las sábanas.

"Gracias, amor -dijo él, bostezando.

El volvió a su lado de la cama y se quitó las zapatillas. Se metió bajo las sábanas, o lo intentó, pero, como siempre, su marido acaparaba la mayor parte del calor.

Cambió la almohada en silencio, intentó acomodarse, pero no pudo. En cambio, escuchó cómo cambiaba su respiración, y entonces supo que estaba profundamente dormido.

La luz de la luna entraba por las cortinas, proyectando una sombra mágica en su lado de la cama. Se quedó dormida, recordando el día en que conoció a su marido.

Ella y su padre trabajaban en el negocio familiar. Vendían telas de todo el mundo y todos los accesorios relacionados con la costura que caían en sus manos. Su padre se enorgullecía de vender las máquinas de coser más modernas. Su madre, de la que no tenía recuerdos, había sido la inspiradora de la tienda. Su madre había muerto al dar a luz a su hermana.

Cuando empezaron el negocio, ella y su padre hacían la mayor parte del trabajo. Su hermana ayudaba cuando podía. Sus telas más vendidas y solicitadas eran las importadas de Asia y Europa.

Entonces, un día, llegó un vendedor de telas: Abe. Su padre le había conocido en una conferencia de compras en Nueva York. Habló muy bien del joven, diciendo que había nacido para ser un "tocador de telas".

"El chaval tiene un don", dijo su padre. "Un don divino, para sentir la calidad y reconocer las tendencias antes de que se conviertan en tendencias en la industria textil".

"¿Por qué no le contratamos, padre?" preguntó El.

"No creo que podamos permitírnoslo. Pero le he invitado a cenar. Puede cocinar su pollo frito especial, galletas y puré de patatas. Podemos averiguar si el camino al corazón de un hombre es realmente dándole de comer".

Ella se rió, pero estaba emocionada por conocer a este nuevo hombre. Este Abe, con el don.

Aquella tarde llegó a la tienda. Ella sospechó que era él, casi de inmediato. Medía poco más de 1,80 m y vestía un traje gris que le sentaba como una segunda capa de piel. Llevaba el pelo rubio peinado hacia atrás, ordenado, sin demasiado aceite. Se sintió atraída por él, como una abeja por la albahaca, al verle pasar los dedos por su selección de telas importadas más caras.

Su padre cruzó la tienda para salir a su encuentro. "Bienvenido, Abraham", le dijo mientras se daban la mano. "Ésta es mi hija, El".

"Prefiero que me llames Abe", dijo el joven.

El se sonrojó, nunca había oído a nadie llevarle la contraria a su padre. Incluso hoy, cuando pensaba en aquel momento, se le calentaban las mejillas.

Luego hubo otros momentos. Momentos más fuertes en los que se le puso la piel de gallina en los brazos. Era una conexión mágica. Estaban hechos el uno para el otro. Como regalo de boda, su padre les regaló la tienda.

Dos años después su padre murió, y su hermana se mudó para formar una familia con su marido. Mientras tanto, ella y Abe mantuvieron el negocio en marcha, en tiempos muy duros.

El, que siempre había deseado tener hijos, no conseguía quedarse embarazada. Tras unas pruebas se confirmó que era incapaz de concebir. Le preocupaba decepcionar a Abe, pero a él no le importaba, o si le importaba, no se lo hizo saber. El negocio se convirtió en su bebé.

Entonces, cuando llevaban diecinueve años casados, un joven entró en la tienda. Abe observó al joven de aspecto harapiento, esperando que robara algo, dispuesto a llamar a la policía.

El observó: "Mira, también toca telas".

Se acercaron al chico, que enseguida rompió a llorar.

"¿Quieres una taza de cacao?" preguntó El.

Él asintió y la siguió hasta la cocina, con Abe detrás. Ella le preparó una taza de cacao caliente con dos tostadas de mantequilla y se sentaron juntos a la mesa.

El chico alargó la mano para coger una rebanada de pan, luego miró y escondió las manos sucias.

"El baño está al final del pasillo", dijo El. "Puedes refrescarte allí".

Mientras se iba, Abe dijo: "Espero que no hayas mordido más de lo que puedes masticar, amor. Es evidente que está huyendo. Huele mal y... ¿No deberíamos llamar a la policía y dejar que averigüen quién es?".

"Es pequeño e inofensivo. A ver si primero quiere hablarnos de su situación. Quizá podamos ayudarle".

"Como quieras", dijo Abe cuando el chico volvió con las manos limpias y la cara reluciente de limpieza.

Primero se comió la tostada, luego sopló el chocolate caliente y se lo bebió. "Gracias".

"De nada", dijo El. "¿Hay alguien a quien quieras que llamemos para que venga a recogerte? ¿A tu madre o a tu padre?

Se echó a llorar. "Están muertos.

El fue hacia él y lo abrazó mientras él le explicaba lo del accidente de coche, lo de la casa de acogida, todo lo malo que le había pasado. Sobre todo, que no podía volver atrás.

"Tengo un amigo en la comisaría", dijo Abe. "Quizá pueda ayudar".

El cogió al niño en brazos mientras esperaban al amigo de Abe. "Es un hombre amable", dijo. "Sabrá qué hacer". El niño se acurrucó contra ella.

El sargento Miller llegó un poco más tarde, y para entonces El ya le había ofrecido la habitación de invitados al muchacho, hasta que se encontrara una solución más permanente. Así se convirtieron en una familia.

Ahora todos dependían unos de otros y la tienda ya no vendía telas. Aun así, tenía a dos retocadores de telas en su vida, y quién sabe cuándo volverían a necesitar su talento. Sabía que todo era cíclico.

El miró a su marido dormido. Besó su dedo y se lo apretó en la frente, con cuidado de no despertarlo. Sonrió, justo cuando Katie soltó un grito por el pasillo.

Capítulo 27

KATIE

"KATIE", SUSURRÓ UNA VOZ. "Katie".

"Mamá, ¿dónde estás?"

La niña se frotó los ojos, al principio incapaz de recordar dónde estaba. Echó hacia atrás las mantas y pisó el frío suelo. Luego se escabulló hacia el otro lado de la habitación y encendió la luz. Se dirigió hacia la ventana, donde se agitaban las cortinas.

"Mamá, ¿eres tú?"

El conducto de ventilación del suelo bajo la ventana, el calor que emanaba de él, la atrajo hacia él como un imán. Cuando pisó el respiradero, su camisón se hinchó a su alrededor, llenándose del calor que desprendía.

"Katie", susurró de nuevo la voz. "¿Dónde estás, Katie?"

"Ya voy, mamá", dijo ella, intentando mirar por la ventana, pero estaba demasiado alta para que pudiera alcanzarla.

"Te estoy esperando", dijo su madre. "Te estoy esperando, aquí".

Frenética por verla, la niña buscó algo sobre lo que apoyarse. Sacó de una mesa un jarrón con girasoles, lo arrastró bajo la ventana. Empujó la cama junto a él. Se puso de pie primero sobre la cama, luego sobre el taburete. Descorrió las cortinas. La calle estaba completamente a oscuras, salvo por el resplandor de las farolas.

"¡Mamá!", gritó, intentando abrir la ventana. Como no llegaba a la cerradura superior, cerró los puños y golpeó el cristal.

"Katie", susurró su madre. "Katie".

"Espera, mamá, por favor, espérame".

Se bajó de la mesa, se subió a la cama, cayó al suelo y se dirigió a la estantería. Levantó un sujetalibros con forma de letra A con las dos manos. Lo colocó sobre la cama, mientras se subía a ella. Luego lo colocó sobre la mesa, mientras se subía a ella. Levantó la A y la lanzó contra el cristal.

El cristal se rompió por dentro y por fuera, alcanzándola a ella y a la zona que la rodeaba con fragmentos.

"¡Mamá!", gritó.

Seguía profundamente dormida, temblando, mirando por la ventana hecha añicos.

Capítulo 28

EL Y KATIE

El y pronto Benjamin se dirigieron por el pasillo a la habitación de la pequeña Katie. Cuando la encontraron, iluminada por la luna, estaba hecha un ovillo en el suelo, cerca de una mesa derribada. Su pelo rubio y su camisón se movían a la vez, como si la brisa de la ventana fuera una con el aliento de la niña. Notaron que la sangre se acumulaba a su alrededor. Como un fantasma que se levanta en la noche, se levantó y gritó: "¡Mamá!".

"Cuidado, no la despiertes", susurró El.

Observaron cómo los zarcillos de las cortinas flotaban hacia ella. La expresión de su rostro, la mirada perdida en la nada, asustó a Benjamin. Durante unos segundos se olvidó de respirar.

La sombra de la luna flotó sobre ella. Acentuaba sus heridas. Era como si estuviera en una isla, rodeada de cristal.

Benjamin la empujó. "Para, no te muevas", susurró El, pero no le hizo caso. Se arrastró por el suelo y cogió a Katie en brazos. Su cuerpo se quedó inerte.

Se quedó allí esperando, incapaz de moverse por el miedo a susurrar su nombre.

El regresó, llevando el botiquín de primeros auxilios.

La colocó sobre la cama.

"Pon agua caliente en un cuenco para mí". No se movió. "Benjamin, agua caliente. Y una toallita y toallas".

Asintió y salió de la habitación, mientras El evaluaba la situación. Había estudiado enfermería hacía mucho, mucho tiempo, antes de conocer a Abe. Esperaba poder recordar qué hacer.

El sonido de las gotas de sangre al caer sobre las sábanas blancas y limpias la sacó de sus pensamientos. Se puso a trabajar en las heridas utilizando unas pinzas para retirar los pequeños fragmentos. Katie seguía dormida.

"Debe de haber sido sonámbula", susurró Benjamin.

"Mantenla quieta para que pueda comprobar si hay trozos de cristal y extraerlos".

"¿Llamamos al 911?"

"No creo", dijo El, "creo que podemos arreglárnoslas". Continuó, hasta que todas las heridas estuvieron desinfectadas y vendadas.

Katie gimoteó, pero no se despertó.

Capítulo 29

CRISTALES ROTOS

"T ENEMOS QUE PONERLA DE lado", dijo El.

Benjamin colocó a Katie de lado mientras El le examinaba los pies. Sólo unas pocas astillas de cristal habían atravesado la superficie de los pies de Katie. La mayoría estaban simplemente adheridas a la piel cerca de la superficie y eran fáciles de sacar.

Su respiración se aceleró en varias ocasiones, pero no abrió los ojos. El puso un paño caliente en los pies de Katie y los envolvió ahora que la hemorragia se había detenido. Luego elevó ambos pies sobre una almohada.

"Me quedaré aquí toda la noche", dijo El. "No quiero correr el riesgo de dejarla sola, ni de despertarla cuando me levante de la cama".

Benjamin fue a mirar más de cerca la ventana rota. Al principio pensó que alguien había intentado forzarla, pero luego vio el sujetalibros en el suelo. Lo recogió y volvió a colocarlo en la estantería. "Ahora vuelvo", dijo.

Entró en el sótano. Encontró una lámina de plástico adecuada para tapar la ventana con cinta adhesiva hasta que pudieran arreglarla. Después de encintarla, barrió todo el cristal que pudo.

Agotado, encontró un sitio al final de la cama y se quedó dormido.

El viento silbaba de vez en cuando a través de la cinta adhesiva, pero no despertó a ninguno de los tres durmientes.

Capítulo 30

WAKEY-WAKEY

EL SONIDO DE UN arrendajo azul cantando junto a la ventana del dormitorio hizo que Abe abriera los ojos. Bostezó y se estiró. Al ver que su mujer no estaba, la llamó por su nombre. Cuando ella no respondió, vio que le faltaban las zapatillas. "¡El!", gritó mientras avanzaba por el pasillo.

Al llegar a la habitación de Katie, se detuvo y miró dentro. El estaba allí, y Benjamin también.

"¿El?", susurró; ella no se despertó.

Fue entonces cuando oyó un silbido seguido de aleteos. Se puso de puntillas hacia la ventana para investigar.

Las cortinas estaban torcidas y el cristal había sido arreglado provisionalmente con plástico y cinta adhesiva. Incapaz de encontrarle sentido, salió de la habitación, cerró la puerta tras de sí y se dirigió a la cocina.

El sol estaba saliendo en el cielo azul profundo, mientras llenaba la tetera y observaba cómo nacía un nuevo día. En su lista de tareas pendientes estaba llamar a los del seguro para que vinieran a evaluar los daños, pero antes tenía que averiguar qué había pasado.

Le rugió el estómago, así que metió dos tostadas y apretó la palanca. De camino a la nevera, cogió una taza y una cuchara. Mientras la tetera se terminaba, sacó la leche y la mantequilla del frigorífico y metió una bolsita de té en la taza. Vertió el agua caliente y humeante, justo cuando el pan terminaba de tostarse.

"Buenos días", balbuceó Benjamin.

"Buenos días, hijo", dijo Abe.

Algo inaudible para Benjamin.

"Siéntate ahora mismo, la tetera está caliente y te serviré una taza de té".

Benjamin obedeció sin hablar.

"¿Quieres una tostada?".

El adolescente asintió.

Abe sacó sus rebanadas tostadas y se zampó una rebanada, luego otra. Puso una bolsita de té en una segunda taza y vertió agua, removiéndola para que se empapara superrápido.

El anciano sabía que el tiempo era esencial, de lo contrario Benjamin volvería a quedarse dormido y no serviría para nada el resto del día. Cuando estuvo listo, Abe sacó la bolsita de té de la taza, añadió dos terrones de azúcar y un chorrito de leche.

Abe cogió las manos del chico, que estaban apoyadas en la mesa, y las puso una a una sobre la taza de té caliente. Observó cómo Benjamin olía la infusión humeante y se animaba, antes de dar un sorbo.

Al ver que el muchacho ya estaba bien despierto, Abe fue a terminar de preparar las tostadas.

Abe observó cómo Benjamin cambiaba, volviendo a la tierra de los vivos un poco más minuto a minuto. Mientras tanto, bebió su té y comió el resto de su tostada.

Pasaron momentos en los que el sol entraba por la ventana y bailaba sobre el perfil del joven. Cuando pareció que podía mantener una conversación, o quizá era un pensamiento esperanzado, Abe preguntó: "¿Vas a ponerme al corriente de lo que pasó anoche en la habitación de Katie?".

"No."

"Pues yo nunca".

"No, a menos que me cuentes lo que pasó ayer en casa de Katie".

"Oh, veo que estás aún más despierto de lo que creía", dijo Abe riendo. "Pero no puedo".

"¿Y por qué no?" dijo Benjamin mientras mordía la tostada. El crujiente y la mantequilla salada sabían tan bien.

"Porque mi viejo amigo el sargento Miller me juró guardar el secreto. Si pudiera contártelo, lo haría. Ahora dime qué ha pasado con esa ventana. Tengo que llamar a los del seguro y no puedo hacerlo hasta que me digas qué pasó".

Benjamin siguió comiendo su tostada.

"Entonces, ¿quieres jugar al juego de las preguntas? Pregunta número uno: ¿intentó alguien entrar y llevarse al niño?".

Benjamin, que ya había terminado su té y su tostada, se reclinó en la silla, poniendo las manos detrás de la cabeza.

"Creo que debía de estar sonámbula. Por lo que pude ver, fue el sujetalibros el que se utilizó para romper la ventana. Pero no sé por qué. Nada tiene sentido".

"Pobre niña. ¿Por qué no me despertaste?"

Benjamin se inclinó más hacia atrás, de modo que las patas delanteras de la silla de la cocina se levantaron del suelo. "El sargento Miller nunca sabría que me habías contado nada".

"La confianza es la confianza. O lo haces o lo juras. O no lo haces. Depende del tipo de persona que seas. Yo cumplo mi palabra y mi amigo también. El sargento Miller y yo confiamos el uno en el otro y, como tú y yo, cumplimos nuestra palabra". Abe volvió a llenar su taza de la tetera. "Para ser sincero, sé muy poco. Incluso me hizo quedarme en el coche, fuera de peligro. Sólo puedo conjeturar lo que sé por las idas y venidas, pero no quiero transmitir ninguna información errónea."

"Debes de haber visto u oído algo", dijo Benjamin seguido de un sorbo. Sabía que Abe no tenía intención de romper la confianza de su amigo y cambió de tema.

"Todo ocurrió muy deprisa, con Katie. Gritó y entramos corriendo. Tenía trozos de cristal en los pies. El los sacó. No sabía que tenía formación de enfermera y me fue muy útil. Controlamos la situación y no tenía sentido despertarla".

"¿Estaba malherida? Vi sangre en el suelo".

"El confirmó que sus heridas eran leves. Katie durmió durante todo el proceso, mientras El sacaba los fragmentos de cristal con unas pinzas e incluso cuando puso desinfectante en los cortes."

"¿Te has fijado -dijo Abe- en que la niña no se ríe mucho? Se ríe de vez en cuando, pero no se ríe como debe reírse un niño".

"Cada persona es diferente, quizá sólo sea tímida".

"También hay tristeza. Quiero decir detrás de sus ojos. Algo familiar y, sin embargo, llamativo".

"No puedo decir que haya notado nada parecido, ¿estás segura de que no te lo estás imaginando?"

"Vi esa mirada una vez, cuando viniste a vernos por primera vez", ofreció Abe.

"¿Yo?"

"Quizá no miedo, quizá pena o tristeza, pero era constante, dolor, remordimiento, abandono. Todo en uno. Sigue ahí, en tus ojos, pero tu alma también desprende una corriente de luz que lo supera, sea lo que sea. Te has encontrado a ti misma, lo has vencido, has encontrado tu propia verdad. Pero la pequeña Katie necesita que la curen, que la cuiden como yo cuidé de ti".

Benjamin puso otra bolsita de té en su taza, la removió unas cuantas veces, luego la retiró, añadió azúcar y leche, y bebió un sorbo. "Ella y El tienen un vínculo".

"En eso tienes razón y será mejor que me prepare para abrir la tienda. Avísame cuando esté listo el desayuno", dijo Abe colocando los platos en el fregadero y fue a prepararse para el trabajo.

En la sala de estar, Benjamin encendió la televisión. Inmediatamente reconoció la casa de Katie. Había cámaras y medios de comunicación por todas partes. La propiedad estaba acordonada con cinta amarilla de la policía. Algo malo había ocurrido allí, él ya lo sabía. Ahora averiguaría qué. Subió el volumen. Se acercó.

La reportera, vestida con un traje azul marino y gafas de montura oscura, estaba de pie junto a una furgoneta blanca sobre la que se veían las iniciales de la cadena de televisión local.

"Soy Carly Wright, informando desde la calle Ontario, donde recientemente se ha descubierto un cadáver. El hombre ha sido identificado como Mark David Wheeler. Se ha avisado a su familia directa. La policía busca a cualquier testigo que le viera entrar en esta casa de detrás de nosotros, cuyos residentes son Jennifer y Katie Walker. (Levantó dos fotos.) Ambas están desaparecidas y fueron vistas por última vez cerca del paseo marítimo el viernes por la mañana".

Un momento, la madre de Katie tenía el pelo rubio en la foto. Cuando la vio, tenía el pelo negro: ¿llevaba peluca ese día en el paseo marítimo? Y en caso afirmativo, ¿por qué?

El periodista continuó. "Mark Wheeler procede de una familia muy conocida en esta región. Una familia que ha ayudado a muchas organizaciones benéficas a lo largo de los años. Los detalles del funeral y el velatorio se darán a continuación. Si alguien tiene información sobre la señora Walker o su hija, que se ponga en contacto con la policía local o me llame."

Se rodeó con los brazos pensando en un cadáver en casa de Katie. Todo su cuerpo empezó a temblar. Para apartar su mente de las noticias, volvió a la cocina y enchufó la tetera. Mientras hervía, miró por la ventana.

Los rayos del sol besaban el pavimento, mientras las ardillas levantaban hojas y los pájaros entraban y salían volando del comedero. No tenían ni idea de que se había cometido un asesinato, ni de que una niña se había despertado gritando con fragmentos de cristal incrustados en la piel. Sus vidas continuaban, de la misma manera, sin importar lo que les ocurriera a los humanos de las casas que los alimentaban.

Cuando silbó la tetera, apagó el quemador pero no preparó otra taza de té. En lugar de eso, siguió observando la normalidad fuera de la ventana de la cocina, sin pensar en nada más hasta que ya no sintió el impulso de temblar o estremecerse.

Capítulo 31

KATIE Y EL

"¡Mami! Mami!" gritó Katie con los ojos aún cerrados.

Mientras el sol de la mañana entraba a raudales a través del plástico que se agitaba, El cogió a Katie en brazos. "Todo va a ir bien, pequeña".

Katie abrió los ojos: no estaba en casa ni en su propia cama. "¡Mamá!", gritó. "¿Dónde está mi mamá?"

El la soltó cuando ella se apartó.

Benjamin, que había oído los gritos de Katie, se hizo cargo. "Katie, estás bien y todo el mundo está buscando a tu mami. ¿Te acuerdas de El? Y, ¿te acuerdas de mí, Benjamin?"

Katie alargó la mano y cogió la de Benjamin y luego la de El. Las acunó contra sus mejillas mientras se le saltaban las lágrimas, y entonces se fijó en las vendas de sus manos. Quitó las sábanas de un puntapié y vio las vendas protectoras en sus pies. "¿Qué ha pasado?

"Esperábamos que pudieras contárnoslo", contestó Benjamin.

Katie pateó los pies, mientras luchaba por quitarse las vendas. Cuando se aflojaron, intentó quitarse las de las manos. El le agarró las manos, le volvió a poner las mantas sobre los pies y tarareó para calmarla. Al cabo de unos minutos, Katie estaba desplomada contra su hombro y descansaba tranquilamente.

Unos instantes después, Katie dijo: "Recuerdo oír que mi mamá me llamaba".

"¿En un sueño?" preguntó Benjamin.

El acomodó el pelo de Katie detrás de la oreja.

"¿He hecho yo eso?", preguntó la niña. "¿Rompí la ventana?"

"Calla, niña", dijo El. "Benjamin la arregló y pronto volverá a estar como nueva. No importa cómo se rompió. Lo único que nos importa es tu seguridad. Las ventanas siempre se pueden reparar".

"¿Pero yo no?" preguntó Katie.

El la abrazó. "Eres perfecta tal como eres".

Benjamin preguntó: "¿Recuerdas algo? ¿Algo sobre el sueño?"

"Mamá me llamaba, eso es todo lo que recuerdo".

El trío se sentó en silencio. El pensaba en lo que podría haber pasado. Benjamin pensaba en lo mucho que se alegraba de que no se la hubieran llevado ni la hubieran herido de gravedad. Katie se preguntaba dónde estaría su madre y qué iban a desayunar.

"Tengo hambre", dijo, dándose unas palmaditas en el estómago.

"La compañía de Benjamín a tu servicio", dijo.

Katie le rodeó el cuello con los brazos, agarrándose con fuerza, y se fueron a la cocina.

"¿Te gustaría ser mi pequeña ayudante para las tortitas?" preguntó El. Katie asintió y sonrió; Benjamin le buscó un sitio en la encimera. "Es una receta familiar secreta", dijo El mientras echaba dos huevos en la harina y empezaba a remover. Cuando estuvo lista, utilizó un cucharón para verter la masa sobre la parrilla caliente. "Bien, es hora de darles la vuelta. ¿Ves cómo burbujean? Ayudó a la niña a dar la vuelta a las tortitas.

"Es más fácil de lo que pensaba", dijo Katie. "Sobre todo con estas grandes manoplas de horno puestas".

"¿Alguna vez ayudaste a tu madre a cocinar?"

"A veces, pero nunca me dejaba sentarme en la encimera ni voltear tortitas".

"Cocinar puede ser divertido".

"No cortar las cebollas, me hacen llorar y tampoco me gusta su sabor".

El se rió. "Alguna vez te enseñaré un secreto, cómo cortarlas bajo el agua, para que no llores". Luego a Benjamin: "Casi listo, ¿puedes avisar a Abe?".

Katie se rió. "¿Cortar cebollas en la bañera? Qué gracioso, El. Me apestarían los pies".

"No, tonta. Quiero decir en el fregadero. Pero tienes razón, si las cortaras en la bañera, seguro que te apestarían los pies y todo lo demás".

Katie y El soltaron una risita mientras ponían la mesa. Pronto se les unieron Benjamin y Abe. Todos comieron hasta saciarse y luego Abe dijo que tenía que volver a la tienda.

"Yo limpiaré", dijo Benjamin. "Pero tardaría la mitad de tiempo si me echaras una mano".

"Supongo que los clientes pueden esperar", dijo Abe.

"Vamos a vestirte", dijo El a Katie y salieron de la cocina.

Cuando estuvieron fuera del alcance del oído, Benjamin dijo: "Tenemos que hablar, Abe".

***

"¿Qué pasa?" preguntó Abe.

"Han encontrado muerto a un hombre llamado Mark Wheeler en casa de Katie. Salió en las noticias".

"Ah..."

"¿Eso es todo lo que tienes que decir?"

"Necesito pensar", dijo Abe. "Será mejor que trabajemos mientras ordenamos".

Cuando todo estuvo en su sitio, Benjamin fue al salón y encendió la televisión.

"Será mejor que cierres la puerta", dijo Abe, cosa que Benjamin hizo.

"Creía que necesitabas volver a la tienda".

"Sí, pero de paso vi que estaban dando las noticias. Cruzó la habitación y subió el volumen.

"Podría haberlo hecho con esto", dijo Benjamin levantando el convertidor.

"Ya está hecho", dijo Abe, sentándose.

Un reportero diferente que se parecía a Clark Kent estaba de pie en el jardín delantero de la propiedad de los Walker.

Dijo: "La familia de Mark Wheeler es muy conocida en esta comunidad. A lo largo de los años, su generosidad ha conmovido y mejorado muchas vidas mediante donaciones a organizaciones benéficas y fundaciones. Sin embargo, las acusaciones de una conexión con las drogas, están siendo investigadas".

"Oh, no", dijo Benjamin.

"Shhhh".

El periodista continuó. "Estamos buscando a las residentes de esta casa de detrás de mí. Jennifer Walker y su hija Katie Walker". Levantó una foto. "Si alguien ha visto o tiene alguna información sobre el paradero de Katie y Jennifer, que nos llame o se ponga en contacto con la policía local".

"¿Y si alguien nos ha visto, de compras con Katie?".

"Shhh".

"Cualquiera que tenga información sobre Mark Wheeler, puede llamar a la línea directa confidencial. El número está en la parte inferior de la pantalla". Volvió a mostrar la foto de Jennifer y Katie. "Es imperativo que encontremos a estas dos, antes de que sufran ningún daño. Por favor, si estás ahí fuera y has visto o sabes algo sobre su paradero, llama a la policía. Cualquier información puede ser útil. Incluso una información que te parezca insignificante podría darnos alguna pista para que podamos ayudarles. Doug Falcon informando desde SJB TV".

Abe y Benjamin permanecieron en silencio unos minutos. Entonces Benjamin recordó que la madre de Katie tenía el pelo oscuro el día que él la vio, y que, en la fotografía que sostenía el reportero, tenía el pelo rubio. Benjamin le hizo partícipe de este recuerdo.

"Sí, la vecina cotilla con la que hablé, Judy Smith, mencionó lo de la peluca".

"¿Quieres decir que ya se lo habías contado al sargento Miller?".

"No lo hice, pero probablemente debería haberlo hecho".

"Definitivamente deberías informar al sargento Miller sobre la peluca. Pero, ¿y si alguien sabe que Katie está aquí con nosotros? ¿Y si por eso rompieron la ventana anoche? Katie dijo que oyó llamar a su madre. ¿Estaba en la calle, debajo de la habitación de Katie, llamándola?".

Benjamin se levantó de un salto.

"Para", dijo Abe. "En primer lugar, has dicho que utilizaron el sujetalibros para romper la ventana desde dentro. Probablemente Katie estaba teniendo una pesadilla. Además, el sargento Miller sabe que tenemos a Katie aquí con nosotros y no dejaría que esa información llegara a nadie".

"Aun así, la hemos llevado a todas partes. A la tienda, a una cafetería. Seguro que alguien se ha dado cuenta. Es una niña de aspecto peculiar".

"Siéntate aquí y no te preocupes. Llamaré al sargento Miller, o mejor aún, iré a hablar con él".

Se dirigió hacia la puerta. "Mientras tanto, quédate dentro y dile a El que mantenga la tienda cerrada hoy".

"¿Qué razón debo darle? ¿Debo explicarle todo lo que hemos averiguado sobre Wheeler?"

"En absoluto. Asegúrate de que si la televisión está encendida cuando Katie esté presente, nunca esté sintonizada en las noticias".

"Lo haré".

Capítulo 32

REGRESO A LA COMISARÍA

ABE SE DIRIGIÓ A la comisaría, donde se estaba celebrando una rueda de prensa. El sargento Miller estaba al mando. Miller estaba de pie detrás de un atril mientras el micrófono se elevaba a su altura. Una pandilla de periodistas entró empujando cámaras. Un reportero gritó una pregunta. Abe se abrió paso a codazos entre el circo mediático para subir las escaleras y entrar en el edificio. Odiaba las multitudes, y estar en el centro de aquel caos absoluto no era un lugar en el que quisiera estar. Miller reconoció la presencia de Abe con una inclinación de cabeza cuando pasó a su lado y entró en el edificio.

Un periodista gritó: "¿Y la niña desaparecida? ¿Alguna pista sobre ella?"

Un segundo reportero gritó: "¿Qué sabes de la niña y de su madre? ¿Qué relación tenían con Wheeler?

Miller levantó la mano para calmar a los revoltosos. Cuando se hubieron calmado, respondió: "Una pregunta cada vez, por favor. En primer lugar, se ha denunciado la desaparición de la niña, pero no está desaparecida. De hecho, sabemos dónde está, dónde está Katie Walker: está a buen recaudo en una casa de acogida".

Se oyó un grito ahogado de una mujer del público. Durante unos segundos, una mujer rubia destacó entre las demás. Apartó la mirada un segundo y desapareció.

"¿Ha examinado a Katie Walker un médico?", preguntó otro periodista.

"Todo a su debido tiempo", respondió Miller. "Necesitamos tu ayuda para encontrar a la madre de la niña. No tenemos ninguna pista".

Recordando que la madre de Katie era rubia y no morena como se había informado en un principio, escrutó a la multitud en busca de la mujer que había vislumbrado antes. No tuvo suerte. No la veía por ninguna parte.

"Aceptaré una última pregunta y no la malgastes preguntándome dónde está la niña, lo único que puedo decirte es que está sana y salva". Eligió a la siguiente periodista para hacerle una pregunta: "Adelante, Maggie". Conocía a Maggie del periódico local desde hacía años. No era como las demás. Era una periodista de verdad.

"Buenos días, sargento Miller", dijo Maggie.

Miller asintió.

Maggie preguntó: "Como la niña, Katie, está bajo custodia, ¿por qué has tardado tanto en ir a su casa a investigar?". Aunque Maggie no se movió, los periodistas que la rodeaban sí lo hicieron. Se empujaban y empujaban, clamando por acercarse.

"Bueno, Maggie", dijo Miller. "La niña, quiero decir Katie Walker, fue abandonada en el Waterfront el viernes. No supimos nada de su domicilio hasta ayer".

"Falso", gritó otro periodista.

"Ya basta", dijo Miller golpeando el podio con el puño y alejándose del micrófono.

El mismo reportero gritó: "Hemos hablado con la vecina, una tal Sra. Judy Smith. Nos confirmó que un anciano había estado en la casa el día anterior. El mismo hombre que ella vio ayer sentado en tu coche de policía".

Miller siguió caminando, ignorando el barullo, contento de que los periodistas no fueran lo bastante listos como para sumar dos más dos, ya que el hombre del que hablaban acababa de escabullirse junto a ellos y entrar en el edificio.

Antes de entrar en la comisaría, se volvió hacia los periodistas. "Ya habéis hecho vuestras preguntas. Ahora, dejad que nosotros hagamos nuestro trabajo y vosotros el vuestro. Ayudadnos a encontrar a la madre del niño. Gracias por vuestro tiempo". Atravesó las puertas giratorias y se dirigió a su despacho.

Abe, que se había acomodado sentado, se levantó ahora para estrechar la mano de Miller. Abe dijo: "Vimos la fotografía de Katie en la televisión y oímos hablar del cadáver. Qué hallazgo tan espantoso. No me extraña que estuvieras tan callado cuando me llevaste a casa".

"Todo en cumplimiento del deber", dijo Miller. "¿Un café?" Abe lo rechazó con un gesto de la mano. Miller continuó: "Los periodistas están hambrientos de una historia, cualquier historia. No has oído la última pregunta. Esa mujer -tu vecina entrometida- mencionó que visitaste la casa y estuviste en mi coche patrulla. Cuando te vayas, debemos asegurarnos de que llegas a casa sin que nadie te siga".

"Oh, no", dijo Abe. Miró a su amigo al otro lado del escritorio. Parecía haber envejecido en los últimos días. "¿Has dormido algo? Tienes un aspecto horrible".

"¿Dormir? ¿Qué es eso? He estado intentando encajar las piezas, es un caso difícil. Pensábamos que teníamos una pista sobre la madre, pero no resultó. Es como si hubiera desaparecido sin dejar rastro". Sonó su teléfono. "Vale, gracias por avisarme".

"¿Ninguna pista nueva?"

Miller se inclinó más hacia él. "Era el forense. Un cuerpo nuevo. Sin identificación, todavía".

"¿Cuál es tu presentimiento? ¿Es la madre de Katie?"

"No puedo decirlo porque no lo sé".

"Y el muerto, ¿quién era? Quiero decir, conozco el nombre. Está relacionado con las drogas. No puedo creer que ninguna madre ponga a su hijo en peligro de ese modo".

"Supuestamente. ¿Quién sabe por qué la gente hace lo que hace? Cuando estuvimos en la casa había una foto de Katie y Mark en la repisa de la chimenea. Parece extraño que una madre lo permitiera, si pretendía matar a su novio". Hizo una pausa, temiendo estar diciendo demasiado, y luego cambió de tema: "Pero sí, sus huellas iluminaron el sistema. Es el móvil que estamos tratando de encontrar".

"¿Un motivo, como un golpe de la mafia?".

"No dejes volar tu imaginación", dijo Miller. "En cuanto a un móvil, eso no lo sé". El sargento Miller levantó el auricular del teléfono. Cuando contestó la recepcionista, dijo: "Sí, necesito que escolten a un civil fuera del edificio". Escuchó y respondió: "Sí, por la puerta trasera. Asegúrate de que no le siguen".

Abe se puso en pie: "Mi querido amigo, te vienes conmigo. Seguro que tu mujer y tus hijos te echan de menos y necesitas dormir".

En principio, el sargento Miller estaba de acuerdo con Abe, pero tenía mucho que hacer. Aun así, se tomó su tiempo para asegurarse de que su amigo salía sano y salvo del edificio y se dirigía a casa.

"No hay moros en la costa", dijo el conductor. Miller cerró la puerta del coche de Abe, lo observó hasta que se perdió de vista y volvió a su despacho.

Capítulo 33

FLASHBACK RUBIO

ERA UNA HERMOSA TARDE de domingo y había familias paseando. Muchas hacían picnic, otras hacían ejercicio o descansaban cerca del paseo marítimo. El aire olía dulcemente, como cuando la primavera se convierte en verano. Los pájaros piaban y revoloteaban en casi todos los árboles.

En el asiento trasero de un taxi, una mujer observaba las actividades de la ciudad. Deseaba tener suficiente dinero para vivir aquí también. Detenida en un semáforo en rojo, observó a una familia que lanzaba un frisbee de un lado a otro. Cuando el semáforo cambió y el coche se puso en marcha, siguió observando, hasta que dejó de verlos.

En su mente, repasaba lo que le diría a su hermana. Ya le había pedido dinero antes, y su hermana se lo había dado, pero a regañadientes. Sobre todo porque sabía adónde iría a parar el dinero: a pagar sus deudas relacionadas con las drogas. Su hermana mayor acabaría cediendo. Aun así, odiaba tener que pedírselo. Sobre todo en persona. Esperaba poder echar un vistazo a la pequeña Katie cuando estuviera allí, quizá incluso una presentación. Ahora que tenía siete años, quizá incluso se acordara de ella.

El conductor la miró una o dos veces por el retrovisor. Se ajustó las gafas de sol de espejo y se enjugó discretamente una lágrima.

"¿Qué miras?", preguntó.

"Nada", respondió él, girando hacia la calle Ontario. "¿Qué número estabas buscando?".

Era la casa rodeada de cinta policial, con patrullas por todas partes.

"Sigue conduciendo", le ordenó. "¡Continúa!"

"Vale, ¿pero ahora adónde, señora?", dijo él dando media vuelta.

"¡Conduce, déjame pensar!", exclamó la mujer. Sacó el teléfono del bolso marrón y pulsó la marcación rápida. Sonó y sonó y sonó. Desconectó y clavó las uñas en el reposabrazos. Respiró hondo y marcó otro número en la marcación rápida. Al igual que el primero, no contestó.

"Señora, necesito saber adónde me dirijo".

Chilló: "Conduce hasta que te diga que pares".

"De acuerdo, señora, usted manda". Condujo sin rumbo, parando y arrancando cuando los semáforos cambiaban de verde a rojo. "Tomaremos la ruta panorámica".

Volvieron a bordear el lago Ontario. Al ver el contador y el coste que iba subiendo, buscó dinero en el bolso. Sus tarjetas de crédito ya estaban al máximo. "¿Dónde está la comisaría?", preguntó.

"A unas manzanas".

"Llévame allí", dijo. Por el camino pensaría qué decirles, qué contarles de sí misma. Vio a una multitud que bloqueaba la entrada de la comisaría, mientras se preguntaba si aquello tendría algo que ver con la casa de su hermana.

"Déjeme salir, por ahí", exigió entregándole al conductor un puñado de monedas y unos cuantos billetes arrugados.

Se alisó la parte delantera del vestido, que ahora se le pegaba con la estática. Detrás de ella oyó el nombre de su hermana y el de Katie. Empujó hacia delante, esperando a ver qué decía el hombre del estrado.

Cuando le dijo que su hija estaba bien y con una familia de acogida, estuvo a punto de desmayarse. Respiró hondo unas cuantas veces y abandonó el lugar, feliz en su fuero interno de que su hija estuviera bien. En cuanto a la cuestión de la desaparición de su hermana, bueno, ya se resolvería con el tiempo.

Siguió caminando en dirección contraria a la que había venido. Llevaba tacones de diez centímetros, por lo que no estaba preparada para una larga caminata a ninguna parte. La brisa le acariciaba los brazos desnudos y se alegró de que al menos no hubiera ninguna posibilidad de lluvia esta noche.

El olor de las humeantes hamburguesas de ternera calientes, las cebollas dulces y las grasientas patatas fritas le hizo rugir el estómago. La comida perfecta para la resaca. Ahora, prácticamente sin dinero, tendría que bastarle con inhalar calorías. Para distraerse, intentó recordar los números de quienes creía que podrían ayudarla, pero el resultado fue el mismo.

Dos puertas más abajo, encontró una tienda de segunda mano. En el escaparate había una chica rubia, vestida al parecer para una fiesta. Miró la cara del maniquí, imaginando el aspecto que tendría ahora su niña. Hacía años que no veía una foto suya.

La había bloqueado, como hacía siempre que las cosas eran demasiado para ella. "Compartimenta". Eso era lo que su psiquiatra siempre le decía que hiciera. Pero la casa... la había visto, acordonada con cinta amarilla, cinta de policía, como en CSI o Murder She Wrote. Era la casa de su hermana. Su hermana, que era la madre de su hijo. Un niño del que nadie sabía nada.

Unas puertas más abajo se reunió una multitud. Ella se unió a ellos, viendo un telediario con subtítulos. Una foto de su hermana y su hija bajo el título "Personas desaparecidas". Luego una foto de Mark Wheeler bajo el título: "Asesinado, conexión con la droga".

Los dos incidentes estaban relacionados. Ahora sí que le fallaron las rodillas y resbaló sobre la acera.

"Estoy bien", dijo, mientras unos desconocidos la ayudaban a ponerse en pie. Les dio las gracias y se alejó con los tobillos temblorosos.

Había oído hablar del tal Mark Wheeler en el mundo de la droga. Ahora estaba muerto. ¿Cómo se relacionaba su hermana con él? ¿Era ella misma la conexión? Les debía dinero. Dijo que se lo devolvería. Ni siquiera era tanto. Su hermana le había pagado la deuda de la droga una, dos... había perdido la cuenta de cuántas veces. Seguro que no habrían ido a por su hermana. Menos mal que no sabían que Katie era suya. Si no lo sabían, ¿cómo había acabado muerta Wheeler? ¿Acaso esa conexión llevaba matones a casa de su hermana?

Intentó no pensar en ello, dando tumbos hacia Dios sabe dónde. Colgada, en parte delirante, recordó el día en que nació Katelyn. Era joven, diecisiete años, demasiado joven para ser madre, y sin embargo, cuando vio a su hija por primera vez, sintió todos los sentimientos maternales que debe sentir una madre.

Tener diecisiete años era suficiente para dar a luz y despertar los instintos maternales, pero no para convencerla de que se quedara con la recién nacida. De criarla. Pero, oh, aquella carita. Su olor. El olor a rosa. Acunó su teléfono entre los brazos mientras avanzaba.

Con los ojos llenos de lágrimas, se dijo a sí misma que se espabilara. En aquel momento había hecho lo mejor para Katelyn, dársela a su hermana mayor para que la criara.

Perdida, sin un lugar adonde ir, sin nadie con quien hablar, se recriminó por haber venido a la ciudad. Por ser drogadicta. Por ir a casa de su hermana. Por todo... por toda la maldita bola de cera.

Un hombre que olía tan mal como parecía chocó con ella.

"¡Cuidado!", exclamó, haciendo que el pobre hombre rompiera a llorar. Rebuscó en el fondo de su bolso, encontró unas monedas perdidas y una pastilla para la garganta, y se las puso en la mano.

"Te lo agradezco", dijo el hombre balanceándose de un lado a otro. Sopló la pastilla y se la metió en la boca, luego preguntó: "¿Estás perdido?".

"Soy nueva en la ciudad", dijo. "¿Hay algo que ver por aquí?".

Él se llevó la mano a la barbilla mientras la miraba. "Hay un famoso viaducto ahí arriba, sigue adelante y no podrás perdértelo. Es una vista increíble".

"Gracias", dijo ella, mientras se alejaba.

Con ganas de ver el monumento, abrió el bolso. Sacó un cigarrillo del paquete y lo encendió. Una larga calada la tranquilizó. Pensó en lo que debía hacer, pero no encontró respuestas.

✳✳✳

LA MADRE BIOLÓGICA DE Katie se había detenido a descansar los pies. El parque estaba en plena actividad, con niños y perros corriendo a sus anchas. Le apetecía otro cigarrillo, pero no lo encendió. En lugar de eso, escuchó las risas. En realidad, no tenía adónde ir.

Su teléfono vibró; era Anson. "¿Dónde estás?

"Estoy cerca de casa de mi hermana, pero no está".

"Bueno, ya tengo listo tu pedido. Primero debes pagar lo que se te debe. ¿Cuándo volverás a recogerlo? No puedo tenerlo aquí mucho tiempo. Si no puedes pagar, tendré que vendérselo a otra persona. Tengo una lista de espera".

"No puedo volver enseguida, pero lo necesito. ¿Hay alguna posibilidad de que vengas a buscarme? Te lo devolvería. Haría cualquier cosa".

¡Splat! La pelota de un niño rebotó y golpeó la punta de su zapato. Ella se la devolvió de una patada.

"Gracias, señora", dijo.

"No puedo ir a buscarte. Esto no es un servicio de taxi", la línea chasqueó y se cortó al otro lado.

Anson era su última esperanza para volver. Se perdería a sí misma y todo en lo que pensaba. Un golpe y desaparecería, cada pensamiento, cada emoción, aunque sólo fuera por un rato.

"¡Baja aquí!", gritó su madre. "¡Sucia zorra!"

Fue hace años, pero se repitió en su mente como si estuviera sucediendo ahora. Incluso podía sentir el olor de su madre, una combinación de polvos de talco y Jack Daniels.

Su hermana había sido para ella más madre que su madre. Su padre se había largado, justo después de que ella viniera al mundo, y su madre siempre la culpaba de su marcha.

"¡Tú le echaste!", gritaba.

Y su madre traía hombres a casa. Hombres que la ayudaban a pagar el alquiler, a poner comida en la mesa. Hombres que eran monstruos. Monstruos de los que su madre debería haber protegido a su hija.

Suspiró. Años de terapia le habían permitido perdonar a su madre. Aceptar que había hecho lo mejor que podía hacer, dadas las circunstancias.

Ahí estaba: El Viaducto.

Se estremeció, estaba muy alto, pero sí, el vagabundo había dicho que las vistas desde allí arriba merecían la pena. Pero los zapatos que llevaba en los pies le apretaban, y a mitad de camino, cansada de cargar con ellos, los arrojó al lago Ontario. Se rió pensando en una tortuga o en un pez mirándolos mientras caían al fondo del lago.

Una vez arriba, la vista la dejó sin aliento. Pudo ver fealdad, edificios que antes tenían una función. Ahora estaban desprovistos de gente y descuidados, con maleza creciendo por sus paredes. Había una belleza desnuda, que si no estuviera tan arriba, habría podido apreciar.

Y en la otra dirección, el lago Ontario. Siguió el camino del agua. A la derecha, surgió uno de sus zapatos y unos instantes después se le unió el otro. Flotaron como si un fantasma bailara en vez de caminar sobre el agua.

Se rió, primero en voz baja y luego histéricamente. Su vestido ondeaba a su alrededor como si estuviera dentro de una nube.

Salió a la cornisa. Era una mala madre, peor de lo que había sido su madre. Su madre al menos se quedaba y mantenía a sus hijas cerca. Ella dejaba el juzgar a Dios, o a Jesús o a quien fuera.

La madre biológica de Katie sentía que no valía la pena salvarla. No podía ser perdonada. Ni siquiera podía perdonarse a sí misma.

Se pasó las uñas postizas por los brazos. Rastreando las huellas dejadas por las agujas que había utilizado durante tanto tiempo. Ahora las sentía con los dedos. Aunque abandonara el hábito, reconocerían su vulnerabilidad y empezarían a suplicar que les diera de comer.

Se acercó al borde. Cerró los ojos. Olió las flores. Escuchó los gritos de las gaviotas. Luego se dejó caer en las frías aguas del lago Ontario como una marioneta a la que le hubieran cortado los hilos.

***

CUANDO LA ENCONTRARON NO lejos del Viaducto, llevaba en el agua menos de veinticuatro horas. Tenía los ojos muy abiertos, como si aún estuviera meditando sobre algo en algún lugar fuera de su alcance.

La madre biológica de Katie estaba esperando a ser identificada en la morgue.

Capítulo 34

ABE, EL, Y LA NIÑA

"**V**UELVE A LA CAMA", dijo Abe, mientras El recogía sus cosas para llevarlas a la habitación de Katie. Ella le besó en la frente: "¿Quieres una taza de cacao?".

"Me estás leyendo el pensamiento".

"Quédate aquí, bajo las sábanas y mantente caliente. Incluso te pondré unas galletas".

"Gracias, amor. Escuchó cómo El deambulaba por la cocina, canturreando. Comprendía la necesidad de su mujer de consolar a la niña, pero él también necesitaba consuelo. Además, le preocupaba que se estuviera encariñando demasiado. En un día o dos podría volver la madre de Katie. No volverían a verla. ¿Y entonces qué?

El volvió con la bandeja. Le dio un beso en la frente al salir.

Katie estaba sentada, esperando a El. "Quiero irme a casa", dijo frotándose los ojos.

"¿No te gusta estar aquí? preguntó El sabiendo ya la respuesta.

"Por supuesto".

Abe asomó la cabeza: "¿Quién llora?". El intentó apartarlo.   "¿Qué puedo hacer para ayudarte, pequeña?

"Quiero ir a casa a comprar algo".

"Bueno", dijo él, sentándose en el extremo de la cama. "En primer lugar, El y yo no tenemos llave de tu casa, ni tampoco Benjamin".

"Yo puedo entrar, por una ventana. Tendrías que levantarme; lo hice una vez cuando mamá se olvidó la llave".

"¿Qué necesitas?" preguntó El.

"No creo que debas irte", respondió Abe.

"Me gustaría coger mi peluche".

Pero tú tienes tu preciosa muñeca, pequeña", dijo El.

"Es bonita, pero tengo mi peluche desde siempre y se quedará solo".

"Déjame pensarlo", dijo Abe. "Ahora cállate y duérmete, o El tendrá que volver a su propia habitación".

Sin decir palabra, Katie se acurrucó bajo las sábanas y cerró los ojos. Abe guiñó un ojo a El y cerró la puerta al salir.

Capítulo 35

ABE Y BENJAMIN

ABE LLEVÓ LA BANDEJA a la cocina y ordenó todo, luego fue al salón. Benjamin estaba dormido en el sofá, con la televisión zumbando de fondo. La apagó y luego echó un edredón sobre el adolescente.

Abe volvió a su habitación y se quedó dormido. El ruido de ollas y sartenes en la cocina y el olor del desayuno le dieron hambre. Miró el reloj de la radio: ¡ya eran las nueve y media! Se puso la bata y fue a la cocina.

"Deberías haberme despertado", exclamó.

Katie se sobresaltó.

"Lo siento", dijo. "Primero quería darte los buenos días".

El asintió, Katie sonrió. Salió de la cocina hacia el salón, donde Benjamin estaba viendo la televisión.

"¿Has dormido bien?" inquirió Abe.

Benjamin no habló, sino que subió el volumen de la televisión para oír lo que decía el reportero en las noticias.

"Esta mañana ha aparecido el cadáver de una mujer en las orillas del lago Ontario".

A Benjamin se le erizaron los pelos de los brazos. "Dios, espero que no sea la madre de Katie".

En la puerta de su casa, el periódico golpeó el escalón. Abe lo cogió y vio una foto de Katie y Jennifer Walker en la portada, bajo el título: "Madre e hija desaparecidas". Enrolló el periódico y lo tiró a la papelera.

"Ven a buscarlo", llamó El, y todos juntos se sentaron a desayunar.

Capítulo 36

SGT. MILLER

S E PROGRAMÓ UNA REUNIÓN en la comisaría con la Policía Montada de Canadá. Les habían llamado una vez identificado Wheeler. Tendría que ponerlos al corriente del paradero de Katie. Mantendrían la información en secreto.

Mientras tanto, había aparecido un nuevo cadáver en las orillas del lago Ontario. Al parecer, tenía huellas en los brazos.

Antes de que llegara la Policía Montada, Miller llamó a Abe para saber cómo estaba Katie.

"Ha tenido pesadillas. Rompió una ventana y se hizo un poco de daño. El lo consiguió todo y la niña no resultó herida grave".

"Siento oír eso", dijo Miller. "Es difícil para un niño dormir en una cama extraña, en una casa extraña".

"Ahora mismo, lo único que quiere es volver a casa. Echa de menos algo que llama su osito de peluche".

"Lo siento, Abe, no es posible".

"Pero no puede dormir".

Miller levantó la voz; cerró la puerta. "Abe, no debes ir allí bajo ningún concepto. ¿Y si te viera un periodista y te siguiera a casa?".

"Te escucho".

"Pasad todos desapercibidos. Estaré en contacto y no olvidéis que tenemos un asesinato sin resolver. Y no sabemos dónde está la madre de Katie". Vaciló. "Katie podría ser nuestra única pista. Y sé que parece una posibilidad remota, pero los niños son perceptivos. A veces se dan cuenta de cosas, cosas que podrían ayudarnos a encontrar a su madre, a salvarla, antes de que sea demasiado tarde."

"Entonces, ¿crees que la Sra. Walker debe de haber estado involucrada en el mundo de la droga desde que ella y Wheeler eran... novios?".

"En este momento, no sé la respuesta, pero no hay indicios de allanamiento de morada".

"Katie le dijo a Benjamin, que fue Wheeler, quien le regaló una muñeca cara, así que, él había estado en la casa en más de una ocasión. La otra parte irónica es que puede que nos comprara la muñeca".

"¿En serio? ¿Has echado un vistazo a tus libros, a ver si hay algún registro de un pedido? Podría ser una pista. Podría ser algo".

"No lo hice, y sabes qué, hasta ahora, cuando te lo he dicho, ni siquiera había pensado en comprobar mis libros. Por no hablar de que, puesto que la muñeca es una réplica de la niña, uno de los presentes, si nos hizo un pedido, debe de haber visto una foto de Katie. No recuerdo haberla visto, pero ya sabes, la memoria... y envejecer. Es una de las primeras cosas que desaparecen". Abe se rió.

Miller dijo: "Sí, lo entiendo, pero por favor, compruébalo y hazme saber lo que encuentres. Cualquier cosa. Forma de pago. Fecha en que se pidió".

"Sólo ofrecemos esas muñecas en vísperas de Navidad, así que debería ser bastante fácil de localizar si nos la encargó".

"Mira a ver si puedes averiguar alguna otra información de Katie. Alguna idea sobre dónde podría haber ido su madre. Destinos de vacaciones. Familiares. Amigos. Cualquier cosa".

"¿Sería mejor que enviaras a alguien? ¿Un experto en interrogar a niños?" preguntó Abe. "Además, ya que envías a alguien, ¿por qué no le mandas a recoger al estirado?".

"Tendré que hablarlo con mis superiores. Podría ser, como siguiente paso. De momento, ella os conoce a ti, a Benjamin y a El. Vigílala, sin que se entere. Hazle preguntas si ella lo permite, sin erosionar la confianza que tiene en ti. Ahora mismo, eres todo lo que tiene. Puede haber sido testigo de algo que podría poneros a todos en peligro".

"Como he dicho, ha tenido pesadillas".

"Cierto. Los traumas pueden causar pesadillas, sonambulismo. Estar en un entorno desconocido es una adaptación en circunstancias normales. Estas distan mucho de ser normales". Miller vaciló. "Ahora que lo pienso, pediré a uno de mis agentes que se pase por aquí con un kit de ADN. El agente recogerá una simple muestra de saliva de Katie. Si ella quiere hablar de algo Quiero decir con alguien de fuera de su casa, entonces, mi Oficial le dará la oportunidad".

"Qué idea tan inteligente y gracias por hacérmelo saber", dijo Abe. "Creo que cuando la niña se quedó sola en el parque, pudo sufrir abandono. Aunque no debería causarle ningún daño permanente, ¿verdad?".

"Depende de su disposición, no sabría decirlo, Abe. Sería útil que buscaras cualquier información que pudieras tener en tus archivos".

"Lo haré".

"Estaré en contacto".

"Gracias".

Capítulo 37

OBJETOS PERDIDOS Y ENCONTRADOS

ERA UNA TARDE SOLEADA, sin una nube en el cielo: el día perfecto para pescar.

James y Andrea Richards estaban en su barca por el lago Ontario, cuando ella se fijó en algo que flotaba en el agua. Sacó unos prismáticos y miró más de cerca. Rebotaba y se movía, pero parecía un bolso de mujer.

"Juro por Dios que hay un bolso ahí fuera", dijo a su marido, entregándole los prismáticos. "Quizá hayan asesinado a alguien aquí mismo, en el lago". Tembló aunque estaba caliente y se rodeó con los brazos.

James la miró. "Has estado leyendo demasiadas novelas de Agatha Christie".

Se burló.

"Pero salgamos a echar un vistazo más de cerca de todos modos para que te quedes tranquila. Al fin y al cabo, hoy no pican los peces".

"Gracias, cariño", dijo ella.

James señaló con la barca la dirección del objeto flotante y minutos después su mujer puso la red de pesca en funcionamiento recogiendo un bolso. Al sacarlo de la red, se dio cuenta de que seguía cerrado. Preguntándose si el contenido estaba seco, lo abrió.

"¡Espera!", exclamó.

Demasiado tarde, pues sacó la cartera. Todo lo que había dentro estaba seco. Aunque ahora que lo pensaba, se daba cuenta de que había ido en contra de todo lo que sabía por la televisión y los libros al alterar el contenido.

No importaba, ya estaba hecho. Abrió la cartera y encontró el carné de conducir, algunas tarjetas de crédito, la foto de un bebé, un tubo de dentífrico y un cepillo de dientes (de viaje), un teléfono sin batería y pegamento para las uñas.

"Creo que será mejor que llamemos a la policía", dijo.

"¿Algo de dinero?" preguntó James.

"Nada de dinero", dijo ella mientras marcaba el 911.

Tras contar a la policía lo que habían encontrado, les dijeron que un agente se reuniría con ellos en la orilla. La pareja permaneció unos instantes en silencio, mientras las gaviotas chillaban sobre sus cabezas y atrapaban los peces que saltaban a su alrededor.

"¡Claro, ahora tienen hambre!" dijo James, mientras encendía el motor y se dirigía hacia allí.

Capítulo 38

CADÁVER EN LA MORGUE

Más TARDE, TRAS RECIBIR una llamada de Patterson, Miller se dirigió a la morgue.

"Hemos confirmado que la desconocida no tiene más de veinticuatro años, y es drogadicta empedernida desde hace tiempo. Con huellas como ésas, ha sido adicta durante mucho tiempo. También es Primípara".

"¿Qué edad tendría el niño, si hubiera vivido?".

"Siete, quizá ocho".

"La edad encaja", dijo Miller. "¿Algo fuera de lo normal en tus hallazgos?"

"Su droga preferida era la cocaína. En el momento de su muerte, no había consumido en las últimas veinticuatro horas. Era una gran consumidora: gran acumulación metabólica de benzoilecgonina a lo largo del tiempo, pero nada reciente."

"¿Crees que intentaba dejar el hábito?"

"Muy improbable, a no ser que la hubieran ingresado en un centro de rehabilitación".

"Qué desperdicio. Será mejor que vaya a la oficina. Avísame si encuentras algo más", dijo Miller, dirigiéndose hacia la puerta.

"Lo haré.

Sonó el teléfono de Miller.

"¿Dónde estás?", preguntó. "Bien. Puedo ir a buscarlo yo mismo. No hay problema. Estoy de camino. Iré en cuanto lo tenga. Gracias".

Miller se reunió con los Richards, que le entregaron la bolsa.

"¿Qué pasa si nadie la reclama?" preguntó Andrea.

"La guardaremos como prueba hasta que alguien lo haga", dijo Miller. "Gracias por entregarla".

Capítulo 39

BENJAMIN Y ABE

MILLER ENVIÓ UN MENSAJE de texto a Abe, diciéndole el nombre del agente que vendría a ver a Katie y a tomar una muestra de su ADN. Abe llamó a casa y puso a Benjamin al corriente de los detalles.

"Se llama agente Lane y llegará en cualquier momento".

"Aún no hay rastro de ella", dijo Benjamin.

"Cuando llegue, dile a El que le dé una taza de té y espera a que yo llegue". De fondo oyó sonar el timbre de la puerta.

"Demasiado tarde, ya está aquí y El está ocupada con los clientes".

"Dile que cierre la tienda y que venga inmediatamente".

"De acuerdo".

"Cambio y corto", dijo Abe.

Benjamin mandó un mensaje a El para que cerrara la tienda y viniera a casa inmediatamente. Abrió la puerta.

"Soy la agente Lane", dijo.

El llegó preguntando: "¿Cuál es la emergencia?".

Benjamin le tendió la mano.

"Vengo a ver a Katie", dijo Lane. "Y para obtener una muestra de ADN".

El extendió la mano. Invitó a la agente Lane a pasar a la sala de estar.

"Ésta es la agente Lane, Katie".

"Katie, puedes llamarme Lacey. Tengo aquí a alguien que dice que te ha echado de menos". Sacó un oso de peluche andrajoso.

A la niña se le iluminaron los ojos al aceptar el peluche. "Edward", gritó. Luego dijo al agente Lacey: "Oh, gracias". Al osito le dijo: "Te he echado tanto de menos". Se acercó la cara al oído y dijo: "Sí". Seguido de: "¿De verdad?".

La agente Lane sonrió. "Edward es un bonito nombre. Me alegra veros reunidos. Ahora me gustaría hablar contigo, para que nos ayudes a encontrar a tu mami".

"¿Está perdida?" preguntó Katie con un mohín.

"No estamos seguras", dijo Lacey, "pero seguro que nos vendría bien tu ayuda".

"¿Qué necesitáis que haga?".

La agente Lane metió la mano en el bolso y sacó el kit de ADN. Sacó una punta de taco y abrió un recipiente para meterla dentro. "Me gustaría ponerte esto en la boca y tomar lo que llamamos un hisopo".

"Sólo he oído hablar de usarlos en los oídos", se rió Katie.

"Exactamente lo que diría mi niña", dijo Lane con una sonrisa.

"¿Cómo se llama?"

"Se llama Jemma, pero nosotros la llamamos Jem".

"Qué nombre tan bonito, como una joya", sonrió Katie.

El oficial sonrió. "Es suave, así que no te dolerá. Te la pasaré por la boca, luego la pondré en este recipiente y la enviaremos a un laboratorio".

"Si tienes miedo, Katie", dijo Benjamin, "agente Lane, puedes pasarme primero el hisopo para que veas cómo es".

"No tengo miedo", dijo Katie.

La agente tomó la muestra y luego escribió el nombre de Katie en la etiqueta. La puso en el recipiente. "¿Cuándo es tu cumpleaños? ¿Y cuántos años tienes?"

"Es 1 de septiembre y tengo siete años y medio".

Cuando la agente terminó la prueba, preguntó a los demás si podía charlar con Katie a solas.

"No hace falta", dijo Benjamin. "Si no quieres".

"Tiene razón, Katie. No tienes que hacerlo", dijo Lane. "Quieres ayudarnos, a encontrar a tu madre, ¿no? Quiero decir que si pudieras ayudar, querrías hacerlo, ¿no?".

Katie miró a El.

"Qué cosas pides", dijo El. "Claro que quiere ayudar, pero sólo es una niña".

Katie asintió a la agente Lane y la condujo a su habitación, donde le enseñó su muñeca y empezó a hablar de ella.

"Mark, el Sr. Wheeler me compró esta muñeca por Navidad, como una sorpresa. Siempre venía y me traía sorpresas".

"¿Era bueno?"

"Sí", dijo Katie.

"¿Algo más que quieras contarme?"

"Él y mi mamá eran felices a veces". Apartó la mirada. "Otras veces se gritaban y él se iba".

"¿Lloraba tu madre? ¿Cuando él se iba?"

"Sí, hasta que fuimos a tomar batidos".

"¿Te gustan los batidos?"

"Sí, el de fresa es mi favorito".

"Entonces, ¿qué pasaría?" preguntó Lane.

"Le enviaba regalos a mi mami y a veces a mí".

"Muy amable por su parte", dijo Lane, jugando con el pelo de la muñeca y luego con el de Katie.

"No son iguales", dijo Katie. "El mío es más suave".

"Tienes razón".

"Es porque El me pone un acondicionador especial en el pelo y me lo cepilla cincuenta veces cada noche antes de irme a dormir. Dice que a los adultos les da cien pasadas y a los niños cincuenta". Katie soltó una risita.

La agente Lane miró la ventana tapiada: "¿Qué ha pasado aquí?".

"El dijo que era sonámbula. No me acuerdo".

"¿Alguna vez habías sido sonámbula?"

"Creo que no", contestó Katie. "El me puso vendas. Es enfermera titulada. Mi madre quería ser profesora, pero...".

"¿Qué se lo impidió?"

"A mí, nacer", dijo Katie. Volvió a dejar la muñeca en la cama y preguntó: "¿Hay algo más? ¿Para ayudar a encontrar a mi mamá?"

"Me preguntaba si tienes tías o tíos, abuelos, amigos, con los que tu madre pudiera haberse ido a quedar. ¿Y tu padre?"

"Mami tiene una hermana, pero nunca la conocí. Mamá es mayor. Nunca conocí a mis abuelos. Nunca conocí a mi padre".

"¿Dónde vive la hermana de tu madre? ¿Podríamos llamarla?"

"No lo sé".

"¿Has vivido alguna vez en otro sitio?" preguntó Lacey.

"No." Katie se miró los pies. "Siento no ser de mucha ayuda".

La agente Lane le dio una palmada en la cabeza: "No sé, a veces sabemos más de lo que creemos saber. Sigue pensando".

"Gracias de nuevo por mi peluche".

"Será un placer".

La agente Lane se dirigió al laboratorio con la muestra y la puso en la lista de alta prioridad. Tras una breve conversación, consiguió elevarla al primer puesto. Volvió a la comisaría.

MILLER RECIBIÓ UNA LLAMADA de la agente Lane.

"Como me pidieron, llevé la muestra de ADN de Katie Walker directamente al laboratorio. Hicieron una comparación con la mujer de la morgue: coinciden".

"No tengo ganas de compartir esta noticia. Es el peor resultado".

"Si me necesitas, te acompañaré para darte apoyo".

"Gracias por el ofrecimiento, pero éste es un momento en el que nuestro asesor de plantilla será extremadamente útil. No hemos tenido ocasión de recurrir a ella a menudo porque trabaja fuera de las instalaciones. No he tenido mucho contacto con la consejera Briggs, ¿y tú?".

"Ni siquiera la conozco", dijo la agente Lane.

"Supongo que seré el primero en trabajar con ella desde nuestro puesto".

"Pase lo que pase, sargento, ella debería estar bien entrenada para manejarlo".

"Eso espero. Gracias, y nos vemos en la comisaría". Desconectó al darse cuenta de que no tenía el número de Eleanor Briggs en el teléfono. Volvió a llamar a la comisaría y pidió a la recepcionista que le localizara el número. Introdujo la información en su teléfono y llamó a Briggs para ponerla al corriente de la situación.

"Puedo estar lista en cuanto me necesites", le indicó Briggs.

"Vale, pasaré a buscarte dentro de unos quince minutos", dijo Miller, dando media vuelta. No pudo evitar pensar en Katie. Esta noticia le rompería el corazón.

De mala gana, marcó el número de Abe y le puso al corriente de la situación.

✳✳✳

BENJAMIN SE SENTÍA CLAUSTROFÓBICO y deseó que la tienda abriera. Sería una distracción bienvenida. Envió un mensaje a Abe: "¿Dónde estás?".

Abe estaba casi en casa cuando recibió el mensaje, y entonces entró una llamada del sargento Miller.

"Tengo tristes noticias sobre la madre de Katie. Han encontrado su cadáver cerca del Viaducto".

"¿Suicidio?"

"No se ha descartado".

"Bien. Una noticia increíblemente triste. Pobre Katie. ¿Se lo digo ahora? Voy a entrar".

"No. Un consejero y yo vamos a ir a decírselo a Katie. ¿Estaréis presentes tú, Benjamin y El? Necesitará vuestro apoyo".

"Sí. Qué triste desenlace. Por supuesto, estaremos todos allí".

Al llegar a casa, entró en la sala de estar y vio a Katie acurrucada junto a un peluche. "¿Y ahora quién es?", preguntó.

"Es el oso Eduardo, mi peluche".

"Me gustaría verlo más de cerca, si puedes ir corriendo a mi habitación y traerme las gafas".

Katie salió corriendo por el pasillo. Hizo un gesto a Benjamin y El para que se acercaran y les contó la triste noticia.

"POBRE KATIE", DIJO EL, con lágrimas en los ojos.

Benjamin no dijo nada.

"El sargento Miller va a venir con un consejero para decírselo a Katie. Quieren que estemos aquí para apoyarla. La consejera se encargará de la situación, está entrenada para ayudar a niños en situaciones traumáticas".

"Katie estará destrozada, pobrecita. ¿Qué será de ella?

"Y después de que se lo digan, ¿qué? dijo Benjamin, con los hombros caídos. Su cuerpo se desplomó sobre sí mismo, como si acabara de recibir un puñetazo en las tripas. "¿Se la llevarán, la enviarán a vivir con unos padres adoptivos, es decir, con unos desconocidos?

"Es feliz aquí", dijo El.

"Salvo por el incidente de la ventana y las pesadillas", dijo Abe.

"Estará fuera de nuestro alcance, cuando sepa que su madre ya no está. Puede que tenga parientes", dijo El.

"Si no, entrará en el sistema de acogida. No puede entrar en el sistema", dijo Benjamin.

"Lleva unos días con nosotros, el sargento Miller se asegurará de que Katie sea la prioridad, y él nos conoce".

"Queremos a Katie", dijo El.

Katie llegó a la habitación con las gafas de Abe. Se agachó para que ella se las pusiera en la cara.

"Gracias, pequeña", dijo, mientras le daba unas palmaditas en la cabeza.

Abe, El y Benjamin formaron un círculo con Katie en el centro. La levantaron y la hicieron girar sin parar. Ella soltó una risita, echó la cabeza hacia atrás e imaginó que volaba.

Capítulo 40

MALAS NOTICIAS

Unos golpes en la puerta interrumpieron su jolgorio. Dejaron a Katie en el suelo y Benjamin y El se colocaron detrás de ella. Cada uno le puso una mano en el hombro. Abe fue a abrir la puerta y volvió instantes después con el sargento Miller y el consejero.

Benjamin apretó con más fuerza el hombro de Katie.

"Todos me conocéis", dijo el sargento Miller. "Excepto tú, Katie, soy un viejo amigo de los Julius. Y ella es la consejera Briggs. Trabaja conmigo en la comisaría".

Abe estrechó la varonil mano de Briggs, mientras Katie, El y Benjamin permanecían donde estaban.

"Tenéis una casa preciosa", dijo Briggs en dirección a El.

Briggs era casi tan alto como Miller y, con unos hombros así, parecía que podría haber jugado de linebacker en los Packers. Su pelo color fresa parecía como si se hubiera metido el dedo en un enchufe y luego se hubiera aplicado laca. Y su cara, en lugar de ser redonda u ovalada, era cuadrada por el flequillo, el pelo y la falta de cuello. Tenía la nariz descentrada, por lo que uno nunca estaba seguro de si sus ojos verdes bizcos la miraban a ella o a quienquiera que fuera su interlocutor. Briggs avanzó hacia Katie, que se escondió detrás de Benjamin y El.

Miller dijo: "Katie, la consejera Briggs, Eleanor, quiere decirte algo. Es importante".

Katie permaneció donde estaba hasta que Benjamin y El le cogieron las manos.

"Yo se lo diré", dijo El, mientras ella y Benjamin la conducían hacia la silla. Cuando estuvieron frente a frente, El dijo: "Katie querida, tu mamá se ha ido al cielo".

Briggs intervino. "Tu madre ha muerto, Katie".

El cogió a Katie en brazos.

"Katie", dijo Briggs, inclinándose para tocarla en la espalda. "¿Entiendes? ¿Sobre tu madre? ¿Hay algo que quieras preguntarme? No pasa nada si quieres llorar".

Katie, sin decir nada, cruzó la habitación, donde estiró los brazos y empezó a girar. Parecía que fingía ser un molino de viento.

"No está muerta", cantó con una melodía demasiado familiar: Frere Jacques.

Benjamin, con lágrimas en los ojos, la cogió en brazos.

Katie no paraba de gritar: "¡No está muerta! No está muerta!" mientras le golpeaba el pecho con sus pequeños puños cerrados.

Benjamin la dejó descargar todo el dolor utilizándolo a él como saco de boxeo. Cuando se quedó sin emociones y exhausta, se desplomó en sus brazos como un muñeco de trapo. La llevó a su habitación y la metió en la cama. Ella cerró los ojos. De vez en cuando se le escapaban las lágrimas, él se las secaba y, cogiéndola de la mano, la veía dormirse.

En el pasillo, Briggs se volvió hacia El: "Katie está ahora bajo la tutela del tribunal. Ellos decidirán qué es lo mejor para ella".

"Acaba de perder a su madre", dijo El, apretando tanto los puños que las uñas le atravesaron la piel. "¿Qué clase de mujer eres?

"¡Vaya! Sólo está haciendo su trabajo, El", dijo el sargento Miller.

"Necesitarás una orden judicial para echarla de mi casa", dijo Abe.

El sargento Miller fulminó con la mirada a su viejo amigo. "Un momento, Abe. No tenemos intención de irrumpir en su habitación y sacarla de la cama. Acaba de perder a su madre y no se lo haríamos ni a ella ni a ningún niño, ni ahora ni nunca. Además, te conoce y está mejor en un lugar familiar con gente en la que confía y conoce".

"Ahora forma parte de nuestra familia", dijo El.

"Sí, pero no es tu hija", dijo Briggs. "Además, hay leyes y protocolos que deben cumplirse".

"Eres una mujer fría", dijo El echándose encima de Briggs.

Miller las separó. "Hablaré con ella", le dijo a El. Luego a Briggs: "Podemos hablar de esto fuera".

Briggs puso las manos en las caderas. "Claro, podemos continuar esta discusión fuera".

Dio un paso hacia la puerta y luego dijo a El y a Abe: "Ya conocéis el procedimiento. Una vez que presente los papeles, un juez decidirá cuál será el siguiente paso. El procedimiento normal es la entrega del niño. Normalmente en el plazo de veinticuatro a cuarenta y ocho horas. De no hacerlo, se le impondrá una multa por obstrucción, puesta en peligro y, posiblemente, incluso penas de cárcel. Todo depende del juez asignado al caso de Katie". Les dio la espalda y se dirigió a la salida.

"Se llama Katie", la siguió El.

Miller se disculpó profusamente mientras seguía a Briggs por la puerta.

Capítulo 41

MILLER Y BRIGGS

MILLER ABRIÓ LA PUERTA de su coche. Una vez dentro, la cerró de golpe. Tras respirar hondo un par de veces, desbloqueó la puerta del pasajero para que Briggs entrara en el vehículo. Mientras ella se abrochaba el cinturón de seguridad, él estrelló los puños cerrados contra el volante. "No tenías que ser tan duro con ellos".

"Se han apegado demasiado, a un niño que no es suyo. Una niña que debe estar con su familia, no con extraños fortuitos. Necesita más que nunca estar con parientes de sangre, no con aspirantes a parientes".

"¿Y si no hay parientes consanguíneos?".

Briggs negó con la cabeza. "Si no buscamos, nunca lo sabremos. Es nuestro deber para con el niño buscarlos. No dejar piedra sin remover. Asegurarnos de que reciba los mejores cuidados, con personas que la ayuden a superar su dolor".

"La quieren, la han convertido en parte de su familia y los conozco desde hace años".

"Lo sé, pero hay algo. Algo no va bien. No puedo poner el dedo en la llaga, pero está ahí".

Mientras daba marcha atrás para salir de la calzada, Miller volvió a respirar hondo. "Si no hubiera sido por ellos, la habrían secuestrado o asesinado. La salvaron, la rescataron. Dios sabe lo que le habría pasado si la hubieran dejado sola en el muelle toda la noche. Ya sabes cómo es la zona por la noche. Drogadictos y prostitutas. La niña tuvo mucha suerte de que la familia de Julius la encontrara, la acogiera y la tratara como si fuera su hija".

"Entiendo de dónde viene, sargento Miller, pero incluso usted debe darse cuenta de que la niña tiene que ser la prioridad aquí. Y yo tengo que seguir mis instintos".

Estaba tan enfadado que no podía hablar, así que clavó las uñas en el protector de cuero del volante mientras ella seguía divagando.

"Llevas años en el cuerpo y tu reputación es extraordinaria. Y, sin embargo, te dejas llevar por tus propias emociones. Por lo que he oído, permitiste que el cuerpo pagara la factura de la búsqueda de una niña de la que sabías el paradero desde hacía días... Incluso diste a entender a la prensa que seguíamos buscando no sólo a su madre, sino también a Katie. Como muy bien sabes, en ambos casos actuaste en contra de los procedimientos".

Miller clavó aún más las uñas en el protector del volante. Contuvo la respiración y se concentró en la carretera. Si no lo hacía, se enfadaría muchísimo y... no quería perder el control cuando ella estuviera accionando su interruptor. Intentando hacerle perder la calma cuestionando su integridad. Él era su superior en todos los sentidos y, sin embargo, ella seguía divagando como...

"Oh, ya lo entiendo", dijo ella. "Son tus amigos y no pueden tener un hijo, así que ya está aquí el hijo de todos que nadie quiere".

Miller frenó en seco cuando el semáforo pasó de ámbar a rojo. "¿Con quién crees que estás hablando?", preguntó. "En primer lugar, nadie, como tú dices, "paga la factura". De hecho, seguí el protocolo e informé al D.P.C. sobre la estancia de Katie con Abe y su mujer. Me dijo que vigilara la situación, cosa que hice. Y cuando intervino la Policía Montada, les dije dónde estaba. Seguí el protocolo".

Sacudió la cabeza: "Lo siento, esto no es personal. Para eso existe el sistema, para proteger a quienes no pueden protegerse a sí mismos".

Reconoció su última afirmación con un movimiento de cabeza, sabiendo que era cierta. Dejar a Katie donde estaba tenía sentido, pero Briggs tenía razón en una cosa, las normas eran las normas. Los hechos eran así: la pareja era anciana, y eso podía influir en los tribunales.

"Esta es mi jurisdicción", dijo Miller. "No me vengas con el reglamento. Yo seguía las normas, mientras a ti te seguían llevando en cochecito".

Briggs se rió.

Continuó, ahora más calmado. "El sistema tiene sus fallos, la niña, Katie, no se perdió en el sistema. Fue entregada al cuidado de la familia Julius, que son pilares en nuestra comunidad".

Briggs guardó silencio durante un rato. "Entregada es la palabra a la que me opongo. Una niña no es un cachorro que se entrega. Un juez debe examinar los hechos y decidir sobre este caso. El juez verá las cosas en blanco y negro. No se dejará influir por las emociones".

"Yo respondería por Abe y El. Diablos, si yo muriera, no se me ocurriría una pareja mejor para cuidar de mis propios hijos, si aún fueran niños. Los míos ya han crecido".

"No se trata de ti, sargento Miller. Esta no es tu lucha".

Miller guardó silencio. Ella tenía razón en otra cosa: no era su lucha. Aun así, conocía a Abe y a su familia.

Miller dejó a Briggs en su coche aparcado y se dirigió a la comisaría. Ella lo enfurecía, lo ponía furioso. Lo que más odiaba era lo acertada que estaba. Por un lado, a la mayoría de los jueces no les importarían Abe y El ni su edad.

Por otro, les importaría un bledo el supuesto instinto del consejero Briggs. Sobre todo si él entraba allí y defendía primero el caso de Julius. Calculó que Briggs tardaría al menos treinta minutos en volver a la oficina. Más o menos, dependiendo del tráfico. Mientras tanto, pondría en marcha un plan.

De vuelta en el despacho, Miller entró en la base de datos y leyó el informe de la agente Lane. Tecleó un apéndice actualizado:

Fecha, Hora. El sargento Alex Miller y la consejera Eleanor Briggs se reunieron en casa de la familia Julius, donde Katie Walker se alojaba desde que su madre desapareció en Fecha, Hora. Con Abe, su mujer, El y su hijo adoptivo -escribió sobre adoptivo- añadió adoptado.

Se detuvo, pues no estaba seguro de si el niño seguía siendo acogido o adoptado. Volvió a teclear hijo de acogida, mientras Katie era informada de la muerte de su madre.

En mi opinión, el niño debería permanecer con la familia de Julius. Les conoce y ha generado confianza. Trasladarla, en este momento de dolor, a un entorno desconocido, con gente que no conoce, sería un cambio cruel e innecesario y podría repercutir en la posibilidad de que la niña sobreviviera a la pérdida de su madre.

Dejó de teclear y releyó. Sintió la necesidad de abordar la intuición de Briggs. La verdad era que la única persona que había molestado a la niña era la propia Briggs.

Cerró el expediente.

Miller llamó por teléfono a un juez amigo suyo, el juez Anders, quien sugirió que se fijara una vista preliminar. Anders estuvo de acuerdo en que no había razón para desarraigar a la niña.

"Pide al demandante que venga al juzgado dentro de una hora", dijo Anders. "Y podremos poner las cosas en marcha".

"Gracias", contestó Miller. Colgó, llamó a Abe y le explicó la urgencia de que acudiera al juzgado. "Reúnete conmigo en la entrada, tan rápido como puedas. Veremos juntos al juez Anders en su despacho y resolveremos el papeleo". Vaciló y continuó. "He pedido un favor que espero sea suficiente para que Katie se quede contigo", dijo Miller. "Así que no llegues tarde".

"De camino", dijo Abe, y pidió un taxi. En cuanto entró en el vehículo, antes incluso de poder abrocharse el cinturón de seguridad, dio instrucciones al conductor para que lo llevara al juzgado cuanto antes.

"Si me ponen una multa, tendrás que pagar la factura", le dijo el conductor.

"No te digo que te saltes la ley, sólo que te la saltes y evites las rutas más congestionadas".

"Claro que sí", respondió el conductor.

✱✱✱

D E VUELTA EN SU despacho, Eleanor Briggs consultó en línea los expedientes de la niña llamada Katie Walker. Bingo, encontró un informe reciente redactado por la agente Lacey Lane. En él, Lane decía que Katie tenía pesadillas y era sonámbula. En una ocasión incluso se autolesionó. El Julius la atendió sin llamar a una ambulancia alegando ser un enfermero cualificado.

Al documento original escribió a máquina el siguiente apéndice:

Fecha, Hora. La consejera Eleanor Briggs y el sargento Alex Miller acudieron al domicilio de El Julius, donde Katie Walker, fue informada de la muerte de su madre. También asistieron Abe, El y Benjamin Julius.

Katie se había quedado con ellos desde la desaparición de su madre en Date. La niña recibió la noticia tan bien como podía recibirse dadas las circunstancias.

Sin embargo, El Julius se volvió hostil cuando Briggs intentó comunicarse directamente con la niña. Tras leer el informe de la agente Lane, esta

Consejera opina que las pesadillas podrían haber sido consecuencia directa del exceso de maternidad de la Sra. Julius. Esto es preocupante, ya que hasta hoy se consideraba que la madre de Katie estaba viva. Por tanto, recomiendo que Katie Walker sea apartada inmediatamente del hogar de los Julius. Preferiblemente para ser trasladada a un hogar con un pariente consanguíneo.

Dejó de teclear y reflexionó un momento. ¿La lectura de esta información arrojaba alguna luz sobre el presentimiento que tenía? Decidió que no. Aun así, ahora disponía de más información que reforzaría sus argumentos.

Briggs estaba segura de que la mayoría de los jueces seguirían sus recomendaciones y tutelarían a la pequeña Katie Walker.

Pulsó ENVIAR.

Capítulo 42

BRIGGS FALLA

UNA AMIGA QUE TRABAJABA en el despacho del juez Anders le debía un favor a Eleanor Briggs. La llamó y la puso al corriente de la situación. "Hijo de puta", exclamó Briggs. Anders no era el tipo de juez al que se pudiera llamar por teléfono y negociar con él. Cara a cara era la única manera con él. Salió corriendo del edificio, bajó a su coche y se dirigió al juzgado.

Briggs no podía creer que Miller se pusiera en contacto con un juez, y mucho menos con uno con el que nunca se había visto cara a cara. Aunque, pensándolo bien, no creía que Miller supiera que se habían peleado. Por otra parte, en la comisaría se corría la voz. La gente hablaba. Se cotilleaba como en cualquier otra carrera. Era demasiada coincidencia.

Miller tenía que saberlo. Dio un volantazo al doblar una esquina, haciendo chirriar los neumáticos cuando el semáforo se puso en amarillo.

Golpeó el volante con los puños. Seguía sin creerse que fuera el juez Anders quien presidiera aquella vista preliminar. Era conocido por su indulgencia y le encantaban las historias que le tocaban la fibra sensible. Era un juez bueno, imparcial y justo, pero llevaba el corazón en la manga: algunos pensaban que era su mejor cualidad como juez. Para Briggs, seguir las normas al pie de la letra era la única forma de trabajar. Si Anders supiera lo de las pesadillas y que la Sra. Julius fingía ser enfermera, podría cambiarlo todo.

Briggs llegó al despacho del juez, justo cuando Miller y Abe salían.

"Llegas demasiado tarde", dijo Miller. "El juez Anders ha aprobado nuestra petición de que Katie permanezca con los Julius durante un mes. Volverá a examinar el caso cuando acabe el plazo".

Briggs se abrió paso entre los dos hombres, entró en el despacho de Anders y cerró la puerta tras de sí.

"No le va a gustar que le adivinen", dijo Miller mientras él y Abe abandonaban el edificio.

Capítulo 43

ABE Y MILLER

MILLER ESTABA SATISFECHO CON el resultado mientras conducía a Abe a casa. Lo único que podría cambiar las cosas para Katie en el próximo mes, sería que se presentara un pariente. De lo contrario, la niña seguiría a su cargo indefinidamente.

Abe estuvo callado hasta que el coche se detuvo en su casa. "¿Qué ocurrirá si Briggs se sale con la suya y envían a Katie a vivir con unos completos desconocidos?".

"Ganamos una sentencia a nuestro favor, no nos preocupemos por eso ahora".

"Pero yo me preocupo. Estoy segura de que Benjamin y El también estarán preocupados. ¿Deberíamos decirle a la niña que sólo estará con nosotros un mes? ¿Para prepararla?"

"Un mes para una niña como Katie es mucho tiempo", dijo Miller. "Y aún está de luto por su madre".

"Será un camino difícil, pero gracias", dijo Abe saliendo del coche. Saludó con la mano mientras el sargento Miller se alejaba.

Capítulo 44

KATIE

CUANDO KATIE SE DESPERTÓ, estaba mirando al techo. Los diminutos pétalos de rosa parecían aún más bonitos hoy, cuando les daba el sol. Observó los pétalos rojos, que danzaban en el aire, rodando y revoloteando como en una película.

El estaba profundamente dormido a su lado y Benjamin dormía en la silla. Recordó que había ocurrido algo maravilloso y luego algo no tan maravilloso.

Cerró los ojos e intentó recordar tanto lo bueno como lo malo. Pensó en el hombre con uniforme de policía y en la mujer que daba miedo. Se estremeció al recordar que la mujer la había agarrado.

Entonces recordó. La mujer mala dijo que su mamá estaba muerta, pero no lo estaba. Se lamentó.

Benjamin y El estrecharon a la niña entre sus brazos.

"No está muerta", dijo con los ojos llorosos.

"Todo va a salir bien", dijo El, luchando contra las lágrimas.

"Estamos aquí para ti", la tranquilizó Benjamin.

Benjamin sabía que no podía quitarle el dolor, era suyo y sólo suyo. Él mismo había experimentado el mismo dolor de pérdida. Por eso supo que podía ayudarla compartiendo su dolor, como Abe había hecho por él hacía mucho, mucho tiempo. Entonces había vertido su dolor en Abe, ahora permitiría que Katie vertiera su dolor en él.

Capítulo 45

MÁS KATIE

Cuando Abe entró, encontró a Benjamin y a El en la habitación de Katie.

"Necesito hablar contigo, El", susurró.

Ella salió, dejando atrás a Benjamin y Katie con la puerta entreabierta.

Abe cogió a su mujer de la mano y la condujo por el pasillo.

"¿Se la están llevando lejos de nosotros?", preguntó ella.

"Ven a la cocina cuando podamos hablar como es debido".

Benjamin se había despertado y había estado escuchando, hasta que se alejaron hacia la cocina.

"No, hoy hemos ganado, puede quedarse con nosotros al menos un mes más, y posiblemente indefinidamente".

"Me alegro de que no tengan que trasladarla. No está en condiciones de que se la lleven a vivir con extraños. No podría soportarlo".

"Sólo es temporal, pero gracias a la defensa del sargento Miller, es una victoria".

"Tenemos que decírselo a Benjamin".

Fueron a la habitación de Katie. Ella estaba durmiendo, Benjamin, en cambio, no aparecía por ninguna parte. Al volver a la habitación de Katie, El acarició la cabeza de la niña. Echó las sábanas hacia atrás: era la muñeca, no Katie. "¡Oh, no!", exclamó.

La pareja de ancianos buscó en todas las habitaciones de la casa, y luego salieron al jardín. Seguía sin haber rastro de Katie ni de Benjamin.

"¿Adónde habrán ido?" preguntó El.

"No lo sé", dijo Abe.

"Estaba muy angustiada. Sólo la habíamos tranquilizado antes de que pidiera hablar conmigo". Ella jadeó. "Quizá Benjamin pensó que se la llevarían y, por eso, se la llevó antes de que pudieran hacerlo. Cuando me llamaste para que saliera de la habitación... Debió de pensar". Lloró entre las manos.

"No pueden haber ido muy lejos".

Capítulo 46

BENJAMIN Y KATIE

LEVÓ A LA NIÑA dormida en brazos y subió al taxi que había pedido.

"Mi hermana se quedó dormida, antes de que pudiera llevarla a casa", explicó.

El conductor se encogió de hombros.

Benjamin acarició el pelo de Katie mientras dormía. Llevarla había sido la única forma de mantenerla a salvo. Había peligros por todas partes. Peligros de los que sólo él podía protegerla.

Cuarenta y cinco minutos después, al otro lado de la ciudad. "Puedes dejarnos aquí", dijo Benjamin.

"Seguro que duerme profundamente", dijo el conductor. Se bajó y abrió la puerta. Benjamin le puso unos billetes en la mano.

El hombre de la puerta le abrió y él recogió la llave. En el ascensor, Katie se agitó un momento y luego volvió a dormirse.

Al llegar al séptimo piso, abrió la puerta y la tumbó con cuidado en la cama. Cerró las cortinas, la tapó con una manta y se sentó en una silla cerca de la cama. Se quedó dormido.

"¿Qué ha pasado? ¿Dónde estoy?" preguntó Katie, frotándose los ojos e intentando levantarse de la cama. Incapaz de hacerlo, permaneció sobre la almohada. Habían pasado unas horas y se encontraba en un lugar desconocido. Un lugar que olía a algodón de azúcar y a tostadas quemadas.

Benjamin había esperado a que Katie volviera en sí antes de hablar con ella. Cuando se le pasó el efecto de las drogas que le había dado, pudo hablar con ella. Explicarle cosas. Mantenerla tranquila.

No quería que gritara. Alguien podría oírla si gritaba. Entonces tendría que hacerle daño. No quería hacerle daño.

Capítulo 47

ABE Y EL

"C REO QUE SERá MEJOR que llamemos al sargento Miller y se lo hagamos saber", dijo Abe.

El le detuvo. "¿Por qué? Todo irá bien. Él la traerá de vuelta. No habrá ido muy lejos, no sin su muñeca".

"Esto me da mala espina", dijo Abe. "Voy a llamar al sargento Miller". Se levantó y fue hacia el teléfono. Lo descolgó y empezó a marcar.

"Tienes razón, Abe". Se acercó a él justo cuando su marido colgó el teléfono y le dio la espalda para alejarse. "Debemos ser nosotros los que informemos. Los dos niños han desaparecido".

Siguió de cerca los pasos de su marido. "Es nuestra responsabilidad. Tenemos que encontrar a los niños, y rápido".

"Y lo haremos, no hay que dejarse llevar por el pánico".

"Tal vez", dijo El, mientras Abe colgaba de nuevo el auricular del teléfono. "Tal vez. Pero..." El se dirigió hacia la puerta principal. "Voy fuera, a llamarles. Quizá estén escondidos. Jugando al escondite".

Abe la cogió del brazo. Tiró de ella hacia dentro, al salón.

El observó en silencio cómo su marido se movía y se agitaba cada vez más.

Capítulo 48

KATIE

En una silla junto a la cama estaba sentado Benjamin. Parecía Benjamin y luego ya no. Estaba borroso y lejano.

¿Dónde estaba El? ¿Dónde estaba Abe?

Miró al techo, no había pétalos de rosa danzantes en esta habitación. La habitación empezó a dar vueltas, mientras el estómago se le subía a la garganta.

Benjamin estaba a su lado, sosteniendo un cubo de hielo en el que vomitó. Cuando terminó, entró en el cuarto de baño y tiró el contenido del cubo por el retrete. Hizo correr agua fría sobre una toallita y volvió a colocarla sobre la frente de la niña.

"¿Ya estás mejor?", preguntó mientras vibraba su teléfono. Abe estaba llamando. Apagó el teléfono y le quitó la batería. Lo puso en el suelo y lo pisoteó, luego tiró los restos a la papelera.

Katie lo observó en silencio hasta que regresó. "Sí, gracias", dijo. Él se sentó en el extremo de la cama, mirándola. "¿Dónde estamos? ¿Dónde está mi mami?

¡Quiero a mi mami! ¿Y dónde están Abe y El? Quiero a El".

Benjamin se dio la vuelta y se levantó. "Tuvieron que irse. Como tuvo que irse tu mami". Cruzó la habitación y se dejó caer en una silla. Levantó las piernas, de modo que estaba sentado al estilo yoga, y luego cerró los ojos como si pensara meditar.

Katie sollozó.

Él abrió los ojos. "Ahora somos tú y yo, tú y yo, niña". Volvió a cerrar los ojos y se tapó la cara.

Katie empezó a gemir: "Quiero a mi mami. Quiero a mi mamá".

Benjamin se movió por el suelo hacia ella.

Ella retrocedió ante él, rodeándose con los brazos.

Capítulo 49

EL Y ABE

E L ESTABA CADA VEZ más impaciente por la inacción de Abe.

"Tenemos que hacer algo, ya", dijo. "El tiempo corre y podría ocurrir cualquier cosa. Ojalá no te hubiera impedido llamar a Alex. Ojalá..."

Cogió el teléfono.

"No lo hagas", dijo Abe, agarrándola del brazo. "No lo hagas".

Capítulo 50

UN SENTIMIENTO

EL SARGENTO MILLER TENÍA un expediente esperándole en la mesa cuando volvió a su despacho. Hojeó un informe que confirmaba que la mujer muerta se llamaba Margaret (Maggie) Monahan. Se detuvo y se sentó en la silla. Espera. La madre de Katie era Jennifer Walker. Pero el informe de ADN coincidía con el de Katie.

Se inclinó hacia delante y siguió leyendo sobre Margaret Monahan. Cuando su dedo recorrió su biografía, confirmó una conexión: una hermana. Margaret Monahan era el nombre de casada de la hermana de Jennifer Walker.

Siguió leyendo y descubrió que ambos padres habían muerto antes del nacimiento de Katie. Por lo tanto, nunca había conocido a sus abuelos.

Pensó en la reacción de Katie ante la noticia. Se había negado rotundamente a creerlo, y tenía razón.

Miller salió furioso de su despacho, necesitaba ir a algún sitio, pero aún no sabía por qué. Le vino a la cabeza el nombre de Abe. ¿Por qué? Le llamó. No contestó. Sin embargo, algo le atormentaba. Se dirigió a su coche, accionó la sirena que separó el tráfico por todos lados mientras se dirigía a casa de Abe.

Al entrar en el camino de entrada, enseguida se dio cuenta de que la puerta principal estaba abierta de par en par. La tienda contigua tenía un cartel de CERRADO en el escaparate.

Miller entró y gritó: "¿Hay alguien en casa? Soy Alex Miller. ¿Abe? ¿El?".

La casa estaba ordenada y silenciosa. No se oía la televisión ni la radio. Pero algo no encajaba, su presentimiento había sido acertado. Sacó su arma y dobló la esquina que daba al salón.

Había un cuerpo en el suelo: el cuerpo de El Julius.

Capítulo 51

ABE

TRAS INTENTAR LLAMAR A Benjamin -sin respuesta-, Abe salió a la calle y paró un taxi.

"Llévame a la estación de tren", exigió, rebuscando en la cartera. Con las prisas, se había olvidado de llevar dinero extra. Lo conseguiría en la estación.

"Claro", dijo el conductor, y encendió la radio.

Abe volvió a intentar llamar a Benjamin sin suerte.

¿Sería el chico tan idiota como para llevar al niño a su lugar secreto?

Capítulo 52

KATIE Y BENJAMIN

BENJAMIN PASÓ EL BRAZO por el hombro de Katie y se sentaron uno al lado del otro en la cama sin hablar. Ella se acurrucó contra él.

"Benji", dijo ella, rodeándole la cintura con los brazos.

Él la besó en la cabeza. Tarareó una nana hasta que ella volvió a dormirse. Se tapó los oídos. Odiaba el zumbido de la mininevera. Desconectó el enchufe de la pared.

Capítulo 53

MILLER Y EL

"J ESÚS, EL", DIJO MILLER, arrodillándose para tomarle el pulso. Lo tenía, débil, pero lo tenía. Le acunó la cabeza con el brazo y ella abrió los ojos.

"¿Quién te ha hecho esto?

"Abe", susurró ella.

Miller se inclinó más hacia ella, no había oído bien. ¿Lo había hecho?

"Abe. Ha sido Abe", dijo ella, con los ojos en blanco, mientras con la mano libre tecleaba 911 en su teléfono.

Después de que la ambulancia se alejara gritando con la sirena, el sargento Miller intentó encontrar a Abe, Benjamin y Katie. ¿Dónde estaban? ¿Se habían ido todos juntos a algún sitio dejando a El en este estado?

Mientras Miller lo repasaba todo, sin que nada tuviera el menor sentido, sonó su teléfono. Esperaba que alguien supiera algo. Y El iba a ponerse bien. Tenía que estarlo.

"Lo siento, sargento, pero ha sufrido una parada cardiaca", dijo el conductor de la ambulancia. "No hemos podido salvarla".

"Oh, no", dijo Miller, desconectando.

Tenía que pensárselo bien. Tenía que aclarar las ideas. Tenía que encontrar a Katie Walker y decirle que tenía razón. Su madre no estaba muerta, pero El sí. ¿Cómo iba a darles la noticia?

Miller llamó a la comisaría y pidió que enviaran un equipo para rastrear las llamadas entrantes.

"Lo antes posible, es decir, ayer", dijo.

Momentos después, un equipo se dirigía a casa de los Julius.

Capítulo 54

BENJAMIN Y KATIE

ACUNANDO LA CABEZA DE Katie, Benjamin se meció adelante y atrás y adelante y atrás. Fingió que estaban en una mecedora, aunque no estaban en una. En lugar de eso, estaban en el lugar secreto. El lugar secreto donde iban todos los niños olvidados.

Los otros niños corrían y jugaban, mientras Katie seguía durmiendo. Benjamin los saludó con la mano y se llevó los dedos a los labios.

"Shhhh", susurró.

Jugó con su pelo, pensando en cómo le explicaría la decisión que había tomado. No era la primera vez que llevaba a alguien al lugar secreto: el lugar dentro del cuadro Los Girasoles de Van Gogh.

Pero Katie era la más joven, así que tuvo que elegir cada palabra con cuidado, pensativamente. Se dio cuenta de que, cuando se despertara por primera vez, se asustaría. Por eso le había dado más somníferos, mientras decidía qué hacer. Esperaba que su transición fuera tranquila y sencilla. Ya que ahora también era huérfana. Estarían juntos, con los demás niños. Nadie necesitaba estar solo, no aquí, en este nuevo mundo.

Recordó la primera vez que se despertó en el mundo de Van Gogh. Abe nunca se había imaginado que estaba fuera de su cuerpo mientras el viejo le hacía cosas viles.

Y ahora nunca lo sabría. Porque él, Katie y los demás estaban a salvo escondidos en un nuevo mundo al que no se permitía ir a los adultos.

Capítulo 55

ABE

AL LLEGAR A LA estación de tren, Abe miró el horario. Compró un billete y luego sincronizó su reloj con la hora estimada de llegada. Le quedaba un rato de espera. Esperar y preocuparse. Cruzó el andén, se sentó en un banco vacío y empezó a repasar sus preocupaciones una por una. Este método de abordar cada problema le había resultado una estrategia valiosa en el pasado.

Primero hizo una lista mental, empezando por El, Benjamin y terminando por Katie. Era una lista breve, de la que podía ocuparse rápidamente.

El incidente con El fue desafortunado. Ella reaccionó de forma exagerada, lo que provocó que él hiciera lo mismo. Si ella le hubiera dejado manejar las cosas.

Ya lo había hecho en el pasado, evitando así un enfrentamiento. Él no la había golpeado con fuerza. Sólo había sido un golpecito de amor. Ella se recuperaría y lo perdonaría todo, como siempre hacía. Llamó a casa para ver cómo estaba.

"Hola", ladró una voz, una voz de hombre, mientras Abe se dirigía al cajero automático. Después de sacar algo de dinero, comprobó en qué andén llegaría su tren y se dirigió hacia allí.

Abe no habló, porque se quedó atónito en silencio cuando reconoció la voz de Alex Miller al otro lado. ¿Qué hacía allí? ¿Le había llamado El? ¿Pretendía presentar cargos contra él? Nunca lo había hecho en el pasado, porque siempre lo resolvían entre los dos.

"Abe, ¿eres tú? El está muerto. ¿Abe? ¿Abe?"

Abe no podía creerlo. El no podía estar muerto. Soltó el teléfono y éste cayó al suelo. Oyó que Alex le llamaba por su nombre y descolgó el teléfono. Menos mal que aún funcionaba.

"¿Ella está qué? No, no puede estarlo".

Detrás de él, el equipo de agentes de Miller rastreaba el paradero de Abe, intentando que su teléfono se sincronizara y transmitiera su ubicación. Los agentes hacían señales con las manos para indicar que necesitaban más tiempo.

Dijo Miller. "Se dio un fuerte golpe en la cabeza, llamé a la ambulancia, pero no llegó al hospital. ¿Dónde están los niños? Ni Katie ni Benjamin están en la casa. ¿Dónde están?"

Abe caminó hacia las escaleras, deseando dirigirse a casa. Tenía que ceñirse al plan. Encontrar a Benjamin y a Katie.

El agente volvió a indicar a Miller que alargara la llamada manteniéndole al teléfono.

"Tu puerta principal estaba abierta de par en par cuando llegué. Estaba preocupada por ti, Abe. Somos amigos desde hace tanto tiempo que tuve una corazonada. Como si me necesitaras o algo así -miró Miller, estaban localizando su posición.

Continuó. "Estaba pensando en aquella vez que tú y yo llevamos a mis dos hijos a pescar en el barco. ¿Te acuerdas? Parece que fue hace tanto tiempo que deberíamos volver a hacerlo. Esta vez podríamos llevar a Benjamin y a Katie. Les encantaría. ¿No crees?"

dijo Abe. "No me puedo creer lo de El. ¿Cómo puede estar muerta? ¿Quién le haría daño a El?" Se detuvo y preguntó: "¿Dijo algo?

"No, Abe, estaba inconsciente cuando llegué. Llevo tanto tiempo en la fuerza y somos amigos desde hace tanto que supongo que estamos conectados. Como he dicho, cuando llegué la puerta estaba abierta de par en par".

Abe inhaló.

"¿Estás bien? ¿Dónde estás? Iré a buscarte; querrás verla, y podemos encontrar a los dos niños, necesitan saberlo".

Sonó el silbato de un tren, seguido de un golpe seco.

"Tengo que irme ya", dijo Abe. Su viejo amigo estaba divagando, algo que no haría en circunstancias normales. El había dicho algo. Ahora intentaban localizarlo. Tiró el teléfono a la papelera.

"¡Espera, Abe!" gritó Miller, que miró al agente.

"Tenemos su ubicación, en una estación de tren del lado este. Acabo de comprobarlo y el tren del andén ha partido, pero él sigue en el andén".

"Envíame la localización, me dirigiré allí ahora mismo".

"Lo haré", dijo el agente.

Cuando entró en su coche, puso la luz intermitente en el techo. Puso las sirenas a todo volumen, lo que le permitió cortar el tráfico congestionado como si fuera mantequilla.

Capítulo 56

ABE Y EL TREN

AHORA, EN EL TREN, Abe se sentó en un asiento alejado de los demás pasajeros para poder pensar. El se había ido. Había muerto. Él la había matado, pero había sido un accidente. No había querido hacerle daño. Su vida no valía nada sin ella.

En la primera parada, observó a los pasajeros en el andén. Era molesto verlos caminar como robots con toda la atención puesta en sus teléfonos. Si alguien caminaba detrás de ellos, podían empujarlos a las vías. Estarían muertos antes de saber lo que había pasado. Es triste a lo que ha llegado el mundo. Robots andantes.

Por eso había evitado utilizar el móvil durante tanto tiempo. No fue hasta que Benjamin le enseñó las ventajas de tenerlo a mano, cuando le dio una oportunidad. Cuando se encontraban, con poca antelación, se enviaban mensajes de texto. Sus mensajes estarían en clave, para que nadie más supiera de qué estaban hablando. Era emocionante, divertido.

Pensando en la muerte de El, Abe inventó una historia en su mente. Se la contaría al sargento Miller la próxima vez que lo viera. Empezaría contándole cómo Benjamin, su viejo amigo, temía que se llevaran a Katie. Benjamin, que había sufrido abusos en el sistema de acogida. Cómo el pobre y angustiado adolescente había empujado accidentalmente a El. El se había caído al suelo. Cómo él mismo lo había comprobado y El estaba lúcido, entonces, con el visto bueno de El había salido corriendo de la casa para encontrar a Benjamin, que se había llevado a Katie después de herir a El y había salido corriendo.

Sí, después de todo lo que había hecho por el chico, le convencería para que siguiera con la historia. Tenía sus métodos para convencer al chico de que hiciera lo que él quisiera.

Alguien se sentó detrás de él: una mujer por el olor de su perfume. Miró a su alrededor: sí, una mujer joven. Tal vez veinticinco años. De camino al trabajo o a una fiesta, pensó, vestida de punta en blanco. La vio sacar una manzana del bolso y se encogió cuando le dio un mordisco y luego varios. Masticaba con la boca abierta. Un poco de zumo de manzana le salpicó el cuello. Se lo limpió. Asqueroso y molesto. Ella crujió y masticó. Crujía y masticaba. Él esperaba el siguiente crujido, esperando con los hombros tensos, pero nunca llegó. Miró hacia atrás para ver por qué y descubrió que la mujer se estaba ahogando.

"¿Alguien conoce la Maniobra de Heimlich?". gritó Abe, pero él y la mujer eran los únicos que había en el vagón.

Cerró la boca al darse cuenta de que sus gritos habían llamado la atención sobre la situación y, durante una fracción de segundo, quizá más, deseó haber dejado que la mujer se asfixiara.

Cuando otros pasajeros se dirigieron hacia ellos, golpeó con fuerza a la mujer en la espalda y ella escupió la manzana al suelo.

Capítulo 57

MILLER EN PERSECUCIÓN

MILLER SE ABRIÓ PASO entre el tráfico. Se hizo con un sitio en la entrada de la estación de tren. Dejó las luces encendidas para que los taquilleros no lo ficharan. Subió corriendo las escaleras.

"Ya casi has llegado. Todo recto. Justo a tu izquierda", dijo el agente de vigilancia.

"Lo único que hay en el andén, aparte de mí, es un cubo de basura", dijo Miller. Caminó hacia él.

"Sí, es de donde procede la señal".

El sargento Miller se puso los guantes e introdujo las manos en el cubo. Apartando una cáscara de plátano, encontró lo que buscaba: El teléfono de Abe.

"¿Puedo ayudarle?", preguntó un revisor.

"Sí, ¿cuánto hace que salió de aquí el último tren?".

"Hace quince minutos, pero no llegaron lejos".

Miller hizo una doble toma. "¿Cómo es eso?"

El revisor continuó. "El tren se detuvo por una emergencia con una pasajera a bordo. La ambulancia ha recogido a una mujer y va camino del hospital.

Víctima de una manzana que se le alojó en la garganta. Dicen que se pondrá bien, sólo la están examinando para estar seguros a efectos del seguro".

"¿Cuál era el destino final del tren?" preguntó Miller.

"Es un Expreso, así que sólo una parada al final de la línea".

"Gracias", dijo Miller. Bajó corriendo las escaleras, entró en su vehículo y activó la sirena.

Capítulo 58

ABE EL BUEN SAMARITANO

CUANDO YA NO ESTABA en el tren, Abe cogió de la mano a la mujer que había salvado. Estaban en la parte trasera de una ambulancia y de camino al hospital.

Poco después de que ella escupiera la manzana, llegó la ambulancia. La molesta joven se negó a subir al vehículo, a menos que Abe la acompañara al hospital.

"Es mi buen samaritano", dijo la mujer.

Después de que los paramédicos empujaran a la mujer al interior del hospital en una camilla, Abe vio su oportunidad de escapar. Llamó a un taxi. Mientras esperaba en el andén, salió el conductor de la ambulancia.

"Gracias por tomar el control de la situación y salvarle la vida".

"Por supuesto", dijo Abe a través de la ventanilla abierta. Luego, al conductor: "Déjame en la esquina de Magnolia y Oak".

La furgoneta blanca se alejó, mientras el conductor de la ambulancia entraba en la cabina de su vehículo. Por la radio llegó un mensaje en el que se pedía a todos los conductores que estuvieran atentos por si aparecía un hombre que correspondía a la descripción de Abe.

Capítulo 59

MILLER Y ABE

Sonó el teléfono de Miller. "Acaba de llamar un conductor de ambulancia. Ha dicho que un hombre que encaja con la descripción de Abe salió hace unos minutos en una furgoneta blanca. Sí, del hospital. Ha dicho que Abe salvó la vida a una mujer en el tren".

"Se parece más al Abe que conozco. ¿Consiguió el conductor el número de matrícula?".

"No, pero oyó que el anciano caballero pedía que le llevaran a la esquina de Magnolia y Oak".

"Ya casi estoy allí", dijo Miller, desconectando. Se preguntó qué habría en los alrededores: era una conocida zona de mala muerte donde las prostitutas se alineaban en las calles incluso de día.

Unas manzanas más tarde, una furgoneta blanca se detuvo en el semáforo cerca de Magnolia. Miller salió de su vehículo y se acercó al lado del pasajero. Abe no era una gallina de los huevos de oro, pero no quería arriesgarse a que huyera. No había ningún pasajero en el vehículo.

Abe mostró su carné de identidad y le preguntó si había traído a un pasajero, un señor mayor, a este lugar. El hombre asintió. "¿Adónde fue?"

"Se bajó, un par de manzanas más atrás. Me pagó en metálico y luego dijo que iría andando el resto del camino".

"Tan cerca", dijo Miller, mientras volvía a su vehículo; luego cambió de idea y se subió a la acera. Miró arriba y abajo: ni rastro de Abe. Cruzó la calle e hizo lo mismo allí y vio a alguien que salía de una tienda llevando una bolsa. Tuvo que correr unas manzanas para alcanzarlo -ignorando los semáforos-, pero por fin lo vio.

Miller observó cómo su viejo amigo subía los escalones. Un conserje le abrió la puerta, inclinándose el sombrero.

Miller mostró su placa al conserje y luego entró. Las puertas del ascensor se estaban cerrando y se dirigían a la séptima planta. Consideró la posibilidad de subir por las escaleras, pero en vez de eso esperó a que el ascensor volviera a bajar. Entró, pulsó el botón y al cabo de unos instantes se encontraba en la planta correcta, donde tenía cuatro puertas para elegir. ¿Cuál era la de Abe? ¿Y qué hacía él en un piso de esta zona? Se movió cautelosamente de puerta en puerta, escuchando con el oído pegado a la puerta por si se oía algo en el interior.

No oyó nada hasta que llegó a la puerta número cuatro.

Capítulo 60

LA SALA

Dentro de la habitación, Abe se quedó inmóvil mientras intentaba recuperar el aliento. ¿Se estaba volviendo loco? Por un segundo, pensó que había visto a Alex Miller ahí fuera. Era imposible que su viejo amigo le hubiera seguido: se había deshecho de su teléfono.

Abrió la bolsa, sacó de la caja su nuevo teléfono desechable y lo enchufó para cargarlo. Luego sacó dos bolsas de caramelos, los favoritos de Benjamin. Los echó en un plato que colocó sobre la mesilla de noche.

Al mirar por la habitación, vio dos vasos en la mesilla. Así que estaban allí, o habían estado allí. Se dio cuenta de que tenía sed y se sirvió un vaso de agua fría.

Se lo bebió, se sirvió un segundo vaso y se lo puso en la frente. Le sentó bien, así que lo mantuvo en su sitio mientras miraba alrededor de la habitación.

Detrás de él goteaba el grifo. Recordó cuando estaba en la cama después de una de sus muchas sesiones, con Benjamin durmiendo a su lado. Incluso entonces el grifo solía gotear, gotear, gotear. Tener que levantarse de la cama, apretarlo. Volver a la cama y otra vez, goteo goteo goteo. Debajo del fregadero encontró una llave inglesa y arregló el problema, pero ahora había vuelto otra vez. Hacía tiempo que no estaban juntos.

Se sentó en el borde de la cama. "¿Katie? ¿Benjamin?" No hubo respuesta. Volvió a intentarlo, levantando el edredón para mirar debajo de la cama. "Te oigo respirar". Se dirigió hacia el balcón: "Sal, sal, dondequiera que estés".

Capítulo 61

¿QUÉ?

E SPERA. SE PREGUNTÓ MILLER, ¿dijo Abe sus nombres en voz alta? Acercó el oído. Ahí estaba otra vez, el viejo estaba llamando a los niños, como si estuvieran jugando al escondite. Miller se rascó la cabeza. El tono que empleaba Abe era juguetón y familiar. Como si hubiera hecho este tipo de cosas antes.

Dentro de la habitación oyó pasos, seguidos del sonido de una puerta que se abría y luego se cerraba. Mantuvo la oreja pegada a la puerta, mientras un inodoro tiraba de la cadena, el grifo chirriaba, la puerta se abría y unos pasos se abrían paso por la habitación, donde crujía una cama. Momentos después, Miller oyó fuertes ronquidos. La mujer de Abe estaba muerta y él dormía la siesta.

Capítulo 62

EL SUEÑO

ABE SOÑÓ QUE VOLVÍA a casa y estaba con El. En un momento estaban volando juntos por el cielo. En otro, se acurrucaban en la cama.

Ella le susurró al oído: "Abe".

"Abe", susurró Benjamin.

"¿Benjamin?", dijo él mientras se levantaba de la cama. No hubo respuesta.

Abe se acercó al armario. Recordó a Benjamin, años atrás, cuando había llegado por primera vez a su casa. Tenía miedo de todos y de todo y había encontrado consuelo escondiéndose dentro de un armario.

"Sé que estás ahí dentro", dijo deslizando la puerta para abrirla. Efectivamente, Benjamin estaba dentro. Muy, muy atrás, contra la pared, sentado con las piernas cruzadas.

Abe palpó la pared en busca de un interruptor de la luz. No había ninguno.

"Sal, Benjamin -lo persuadió-. "Te he traído bombones y caramelos: tus favoritos". Aun así, el chico no se movió. Abe retrocedió hasta donde estaba cargando el teléfono desechable. Casi a la mitad. Descargó la aplicación de la linterna. La probó y funcionó bien. Se adentró en el armario con el teléfono iluminando el camino.

Benjamin sostenía algo, un muñeco de trapo. Abe enfocó con la linterna. Lo que sostenía no era una muñeca: era Katie.

Se acercó más, más. Alargó la mano y tocó la mejilla del niño y luego la de la niña: ambas estaban frías como una piedra. Lanzó un grito para despertar a los muertos.

Capítulo 63

ABRIRSE PASO

MILLER DERRIBÓ LA PUERTA con el pie calzado. Ya dentro, sacó su pistola de la funda mientras Abe salía del armario. Como un zombi, se balanceó por el suelo y luego cayó primero de rodillas y luego boca abajo en el suelo.

Miller seguía con la pistola apuntando a Abe, que sollozaba y gimoteaba como un hombre que hubiera perdido la cabeza. Miller se acercó más, intentando comprender lo que decía. Al principio no pudo distinguirlo, pero luego oyó: "Muerto. Muerto. Muerto".

Se volvió hacia el armario y, como la puerta ya estaba abierta, entró. Estaba demasiado oscuro; no podía ver nada. Salió, empleó la linterna táctica de su arma y volvió a entrar.

Capítulo 64

CUERPOS

LA LINTERNA ERA DEMASIADO potente para un espacio tan reducido. Los rayos rebotaban y creaban sombras oscuras antes de centrarse en lo que había allí. Dos niños: Benjamin y Katie.

Al principio pensó que dormían. Les pasó la luz por los ojos. Primero el niño, luego la niña. Ahora estaba seguro. Lo había visto tantas veces. Los dos niños parecían cadáveres tendidos en las losas de la morgue.

Tocó la cara de Katie y se estremeció: estaba fría como una piedra. Pobre niña. Murió sin saber que tenía razón sobre su madre. Benjamin también tenía frío.

Sabía que no debía moverlos. No debía perturbar su lugar de descanso final. Y sin embargo, aunque lo sabía. Aunque se daba cuenta de que alteraría las pruebas, lo hizo.

Miller primero tuvo que desenredarlas. Los brazos de Benjamin rodeaban a Katie, como si intentara protegerla. La cabeza de ella se balanceaba y descansaba en su hombro. Su pelo, que olía a miel, le rozó la mejilla cuando la dejó en la cama. Volvió al armario y echó un vistazo a Abe. Seguía en el suelo, mirando al frente como un zombi. Miller levantó a Benjamin y lo depositó sobre la cama.

Miró a Abe, rascándose la cabeza, y pensó en sus propios hijos. ¿Cómo había podido ocurrir? ¿Qué tenía que ver con la muerte de El? "¿Qué ha pasado, tío?", le dijo a Abe.

Abe se puso de rodillas. No tenía fuerzas para ponerse en pie. Tenía la cabeza ladeada y los ojos fijos en el suelo.

Miller gritó: "¿Qué demonios ha pasado aquí?".

Abe sollozó y se arrojó sobre la alfombra. Apretó toda la cara contra la moqueta, como si sentir el áspero tejido contra su piel le reconfortara.

Miller se acercó más, de modo que sus botas rozaban la cabeza de Abe. Susurró: "Katie tenía razón: su madre está viva".

"¿Qué?" replicó Abe.

"Eso ya no importa", dijo Miller. "Está muerta. Las dos están muertas".

Esta vez Abe se golpeó la frente contra el suelo.

Miller se sirvió un vaso de agua. Se lo bebió, pero volvió a subir mientras el goteo del grifo se oía de fondo. Pensó en llevarle agua a Abe. No lo hizo.

"Levántate, Abe", le exigió Miller. Cuando estuvo erguido, Miller le sacudió los hombros: "Explícate, tío".

Abe empezó a lloriquear y a llorar. Se desplomó sobre las rodillas.

Miller fue al armario, sacó una manta y se la puso a Abe sobre los hombros. Intentó no pensar en los niños, sino en las cosas que tenía que hacer. Tenía que llamar al forense y poner en marcha una investigación. ¿Por qué dudaba? ¿A qué estaba esperando? No tenía sentido, nada de eso. Los chicos estaban fríos como piedras, como si llevaran muertos un rato, cuando, según El, no podían llevar mucho tiempo muertos. Entonces, ¿qué había pasado? ¿Quién era el responsable? Llamó por teléfono, ofreciendo pocas explicaciones. "Dos niños fallecidos: causa desconocida", dijo.

Mientras esperaba a hablar con su comandante, miró a los dos niños de la cama. Parecían asustados, como si los hubieran matado de un susto. Sacudió la cabeza. La gente podía morir de muchas cosas, pero no de miedo.

Después de cortar la llamada, volvió hacia Abe. "¿Qué ha pasado aquí, en nombre de Dios?". Ayudó a Abe a ponerse en pie y lo condujo hacia el fregadero para que tomara un vaso de agua.

Abe bebió un sorbo y dijo: "¡Necesito aire!". Atravesó la habitación y echó hacia atrás la puerta que daba al balcón.

Miller se detuvo entre los arcos de la puerta del patio; temía que su viejo amigo pudiera saltar.

Desde algún lugar de la habitación, un niño sollozaba.

Abe y Miller se volvieron hacia la cama, sabiendo perfectamente que el sonido no procedía de allí.

Ambos se quedaron inmóviles, con todos los sentidos en alerta máxima, mientras esperaban volver a oír el sonido.

"Forense", dijo una voz en el exterior tras llamar a la puerta.

"Está abierto", dijo Miller mientras llegaba el equipo, incluidos los forenses.

Miller miró a Abe, que estaba sentado sin expresión. Sus ojos azules parecían aún más azules ocultos en su palidez fantasmal.

"¿Qué tenemos aquí?", preguntó un miembro del equipo forense.

"Dos niños muertos", respondió Miller.

El equipo se puso a trabajar para asegurar las pruebas.

Miller y Abe permanecieron uno junto al otro esperando el sonido: el sonido de un niño gimoteando.

Capítulo 65

LA PINTURA

Abe se levantó y avanzó, ladeando la cabeza como si hubiera oído algo.

Miller no oyó nada. Abrió la boca para decirle algo a Abe, pero era como si estuviera en trance. Arrastró los pies por la alfombra.

Abe cayó de rodillas sollozando las palabras: "Lo siento, Benjamin. Lo siento mucho. Lo único que quiero es que estés aquí. Por favor". Su cuerpo cayó hacia delante con la cabeza apoyada en la alfombra.

Miller tenía dos pensamientos. Una era consolar a su viejo amigo que estaba alucinando. La otra era ayudar al equipo: estaban casi listos para meter a los dos niños en bolsas para cadáveres.

En lugar de eso, no hizo nada, mientras metían a Benjamin en la bolsa verde. Se estremeció cuando el segundo sonido de la cremallera cerrando a Katie cortó el silencio.

"Levántate", ordenó una voz surgida de la nada.

Abe lo hizo, poniéndose en pie como una marioneta a la que un titiritero da vida.

"Ve al cuadro", le ordenó la voz.

Abe siguió las indicaciones como un zombi, deteniéndose ante el grabado de Van Gogh.

"¡No! ¡No!", gritó, cubriéndose la cabeza con las manos.

Miller se colocó justo detrás de él, para que pudiera ver más de cerca el grabado. Sólo vio un jarrón de girasoles, aunque no esperaba ver nada más. Cuando Abe empezó a hablar de nuevo, Miller se apartó.

Abe se quitó las manos de la cara y sollozó: "¿Por qué? ¿Por qué? ¿Por qué? Dime por qué".

El equipo que llevaba los cadáveres de los niños avanzó hacia la puerta. Uno preguntó: "¿Con quién habla el viejo?".

Sin contestar, Miller le hizo un gesto con la mano.

Sonó una voz. La voz de un niño que sonaba hueca, como si procediera del interior de un túnel. "Ya sabes por qué".

"Benjamin", dijo Abe. "Te quiero".

El equipo con las bolsas para cadáveres se detuvo. No sabían que la voz que oían era la de Benjamin, el niño cuyo cadáver estaba en una de las bolsas que llevaban.

"Volved a poner las bolsas sobre la cama", ordenó Miller. "Desabrochad la que tiene al niño dentro, AHORA".

El equipo hizo lo que Miller les ordenó. Benjamin estaba blanco, con los ojos cerrados. Seguía muerto. Miller se quedó mirando el rostro inmóvil del chico, mientras volvía a sonar su voz.

"Sabes lo que me hiciste. Lo sabes".

"Te he amado. Aún te quiero", replicó Abe, extendiendo la mano hacia el aire vacío.

"¿Amar a quién? ¿Con quién está hablando, con el mismísimo Van Gogh?", preguntó uno de los miembros del equipo.

"Shhh", respondió Miller.

"Lo que hicimos fue amar. Porque nos queríamos", confesó Abe.

Miller sacudió la cabeza. ¿Estaba oyendo bien? Apretó los puños mientras acortaba distancias con su antiguo amigo.

Abe miró al techo, como si pensara que Benjamin le hablaba desde el Cielo.

"¿Por qué tuviste que suicidarte y matar a Katie? ¿Por qué?"

"Hice lo que tenía que hacer".

"¿Para castigarme?"

"Sí, porque te conozco".

Miller apretó los puños.

"Yo no la habría tocado", sollozó Abe.

"No te creo".

Abe permaneció escultural frente al cuadro con los ojos mirando hacia el cielo.

Miller dijo al equipo que tenía detrás: "Yo me encargo".

Cerraron la cremallera de la bolsa de Benjamin y sacaron a los dos niños de la habitación.

Miller se movió para que Abe estuviera justo delante de él.

Abe siguió mirando hacia el cielo. El tiempo pareció detenerse.

Entonces un cuchillo salió del cuadro y, con un movimiento rápido, degolló a Abe.

Durante unos segundos, Abe permaneció en la misma posición. El único movimiento era la sangre que brotaba de la herida. Entonces se impuso la gravedad, y cayó al suelo con la cabeza desapareciendo bajo la cubierta de la cama.

CRASH El cuadro enmarcado del girasol de Van Gogh cayó al suelo. El frontispicio de cristal se hizo añicos, astillándose en mil pedazos.

Miller volvió a llamar al equipo. Cuando volvieron a entrar en la habitación, el suelo era un amasijo de sangre. "¿Dónde está su cabeza?", preguntó uno.

Miller habló como si fuera algo cotidiano. "Está debajo de la cama".

Uno levantó el edredón y el otro metió la mano debajo. Metieron a Abe en la bolsa para cadáveres con los ojos muy abiertos. Había sido tan rápido que no había tenido tiempo de parpadear. Cerraron la cremallera de la bolsa para cadáveres.

"No pongáis a los niños cerca de él -dijo Miller-. Ponedlo en el maletero, o en el techo, donde sea, pero no con esos niños".

"Claro, nos ocuparemos de ello".

Capítulo 66

SGT. MILLER

MILLER WENT OUT ONTO the balcony to get a little fresh air. He needed to think it all through because none of it made sense. First there was El's death. Had she known what was going on with her husband and foster child? He did not believe she could have known. Not El.

Benjamin and Katie looked like they'd been frightened to death – but they were dead long before Abe arrived in this place.

As to Abe's abuse of his foster son, it was twisted. Too twisted to think about. He didn't want to think of how many times Abe had been a guest in his own home. Of the times Abe had spent with his own children.

Then there was the supernatural aspect of what happened. Sgt. Miller didn't believe in the supernatural. He'd seen it though and he'd heard the voices. But how was he going to explain it? He'd never be able to in a million years.

The world had gone mad.

Miller returned inside, slamming the balcony doors shut and locking them. A man and a woman were there with a vacuum and a carpet cleaning machine.

The woman asked, "Okay if I start?" to Miller, who nodded. She turned on the vacuum machine and for a few seconds he stood listening to the glass being sucked into the metal container.

"Stop!" he ordered, as he moved across the floor. He bent down and picked up a single sunflower on a piece of glass.

The woman went back to vacuuming again, while Miller held the sunflower up to his eyes.

Then he saw it – movement – inside the sunflower. Paints, chrome yellow, lemon yellow, colours swirling and turning like a kaleidoscope. He felt the carpet shift under him, as he dropped the sunflower then everything went black as he fell to the floor.

Capítulo 67

KATIE DESPIERTA

"**B**ENJAMIN", DIJO KATIE, "NO estoy destinada a estar aquí". Estaba en un columpio y él la empujaba cada vez más alto, pero no demasiado.

"Claro que deberías estar aquí", dijo Benjamin.

A su alrededor había niños jugando. Algunos estaban en el arenero. Otros se tambaleaban. Muchos competían en partidos de béisbol y fútbol. Varios jugaban a juegos de mesa como el ajedrez, las damas y las canicas.

"Aquí eres bienvenido", le dijo a Katie un chico más joven que Benjamin.

Llevaba un mono vaquero, sin camiseta debajo. Tenía un bronceado dorado que hacía que su pelo rubio y sus ojos azules dominaran su rostro atlético.

"Eres muy bienvenida aquí, mi nueva hermana", dijo una niña más joven que Katie. Llevaba el pelo en tirabuzones, que le rebotaban cuando corría. Estaba muy guapa, con un vestido azul con encaje en los bordes y en los pies unas sandalias blancas.

"Pero yo no soy como tú", dijo Katie. "Yo no pertenezco a este lugar. Ya has oído al sargento Miller. Ha dicho que mi madre está viva. Probablemente me esté esperando en el muelle. Me dijo que no me moviera. Estará preocupada por mí".

Benjamin la empujó más alto: "Aquí estarás a salvo".

Las zarzas volaban por el parque. El parque dentro del destrozado cuadro Girasoles de Van Gogh. El lugar donde todos los niños olvidados vivieron y jugaron juntos para siempre.

Porque aunque la fachada de cristal se hizo añicos en este mundo, permaneció intacta en otro. El reloj del tiempo de cada niño retrocedió, hacia atrás.

Hacia atrás. A la época en que perdieron su infancia. Cuando se vieron obligados a crecer, demasiado deprisa.

Dentro del cuadro, los niños seguían siendo niños para siempre. En la seguridad de los soleados Girasoles de Van Gogh había una promesa. Una promesa de que ningún niño volvería a ser herido, maltratado, asustado o abandonado.

Capítulo 68

SGT. MILLER

En el depósito de cadáveres, Miller estaba eligiendo ataúdes para El, Katie y Benjamin... y para Abe. Si hubiera podido, habría dejado que el viejo se metiera en una caja de cartón, pero no le pareció bien. Así que tuvo que elegir cuatro ataúdes para cuatro cadáveres. Alguien tenía que hacerlo.

Miller esperaba poder cerrar el caso ocupándose de esta tarea. Aun así, la madre desaparecida de Katie, Jennifer Walker, jugaba en su mente. Estaba ahí fuera, en alguna parte, y su hija estaba muerta porque la había dejado sola en el muelle. Qué tragedia.

Semejante pérdida. Todo era evitable. Un padre debía proteger a su hija, pasara lo que pasara.

Ponerse a sí mismo en peligro antes de que el niño sufriera daños. ¿Cuándo se torció todo y por qué no se dio cuenta?

Miller no pudo cerrar el caso. No podía estar tranquilo.

Y en sus entrañas, algo le carcomía. Lo carcomía por dentro. Volvió a casa de los Julius, con la esperanza de encontrar respuestas. La propiedad seguía acordonada con cinta adhesiva y había un agente apostado en la puerta principal.

"¿Hay alguien ahí? preguntó Miller.

"No, sargento. Creo que ya han acabado con todo por hoy. Han buscado huellas y se han llevado todo lo que querían conservar como prueba". Miró su reloj. "Pensaba volver pronto a la comisaría. Mi turno está a punto de terminar".

"¿Va a venir alguien más a vigilar el lugar durante la noche?". preguntó Miller.

"No creo.

"Pues vete", dijo Miller, "yo me encargo a partir de ahora".

El agente subió a su coche y se marchó. Miller lo vio alejarse y entró en la casa.

Una vez dentro, dejó que la sensación que le carcomía las entrañas le guiara hacia donde tenía que ir. Por el vestíbulo, a lo largo del pasillo. Al despacho de Abe. Comprobó el escritorio: cerrado. Fue a la cocina y sacó un cuchillo del cajón. Lo utilizó para forzar el escritorio. Lo que buscaba estaba allí, casi como si le estuviera esperando: El libro de contabilidad de Abe.

Miller hojeó las páginas anteriores a Navidad, buscando pedidos de muñecas. Había varios pedidos a lo largo de los años, con fotos de los niños, sus direcciones completas y fotos de los niños con sus muñecas a juego.

No había ninguna de Katie en el montón, pero pudo confirmar que la persona que había hecho el pedido y había recogido la muñeca había sido Mark Wheeler.

Encontró siete pedidos en total a lo largo de los años. Una foto de la niña, junto a la foto de la muñeca. La de Katie había sido la última compra.

Se sentó en la silla de Abe unos segundos más, mientras hojeaba sus archivos. Destacaba una solicitud para adoptar a Benjamin. Decía que también asumiría la propiedad de la casa y la tienda. No se había concretado nada, pues El no la había firmado. Cogió la solicitud junto con el libro de contabilidad y los sacó del despacho.

Entró en la habitación de Katie. Por un segundo, no pudo respirar. Su muñeca idéntica estaba en la cama, sentada, mirándole. Esperándole. Si la cosa hubiera estado respirando, no podría haberle aturdido más. Incapaz de moverse, sus sentidos se agudizaron.

Primero, un silbido. Aleteos. Cortinas ondeantes. Tender la muñeca como tentáculos de tela.

Se estremeció, se giró para salir pero no pudo. Se rodeó con los brazos.

"Vale, vale", dijo a nadie. Cogió la muñeca y la sacó de la habitación y la llevó a la cocina. Buscó bajo el fregadero una bolsa lo bastante grande para meterla. No se atrevió a meterla en una bolsa de basura verde, se parecía demasiado a una bolsa para cadáveres. En su lugar, encontró una bolsa de reciclaje transparente azul y metió la muñeca con los pies por delante.

Cerró la casa, se metió en el coche y cruzó la ciudad. Al llegar al edificio, el conserje le reconoció, así que no tuvo que mostrar su placa. Menos mal, porque llevaba una muñeca en una gran bolsa transparente.

"Te llevaré arriba", le dijo Matthew Barry, el jefe de recepción. Condujo al ascensor hasta la séptima planta.

En el ascensor, Miller se hizo muchas preguntas, como qué estaba haciendo y por qué, pero no obtuvo respuesta.

Lo único que sabía con certeza era que, desde que cogió la muñeca, la sensación que le había estado carcomiendo las entrañas disminuyó. A medida que se acercaba a la habitación, se desvanecía en el fondo.

Barry giró la llave en la cerradura y, ¡WHAM!, una sirena chilló, haciendo que el Director sintiera que le iba a estallar el cerebro. El pobre hombre pulsó todos los botones de la pared, intentando que cesara el violento sonido. Cuando nada funcionó, se tapó los oídos y, finalmente, se dio la vuelta y salió gritando de la habitación.

A Miller también le afectaron las sirenas, pero no tanto como al Director. Se dejó caer en la cama, utilizando las almohadas para amortiguar el sonido, y esperó que cesara pronto. Cerró los ojos y perdió el conocimiento. Cuando volvió en sí, las almohadas estaban en el suelo y la habitación en silencio.

Tragó un poco de agua y se salpicó un poco la cara. Se dio cuenta de que la alfombra era nueva, esta vez más gruesa. Luego vio algo más: un nuevo cuadro de

Van Gogh Girasoles encerrado en un marco de oro antiguo.

Mientras el grifo goteaba, examinó el cuadro. No vio ningún movimiento, y entonces se acordó de la muñeca. Vio la bolsa de plástico en el suelo junto a la cama: estaba vacía.

Rascándose la cabeza, se dio la vuelta y se dirigió hacia la puerta, y cuando puso la mano en el pomo, unas voces infantiles le dieron una serenata:

Gracias por las flores,

Gracias por los árboles,

Gracias por las cascadas,

Gracias por la brisa.

Ahora estamos aquí juntos.

Libres de daño y dolor

Gracias

Por volver otra vez.

Aquellas palabras y la melodía siguieron dando vueltas en su cabeza. Durante días, semanas, meses, años.

EPÍLOGO

M ILLER SE JUBILÓ, CON una última petición en acto de servicio. Llamó a la puerta de Judy Smith.

"Vengo a ver a Gerald", dijo.

Siguió a Judy escaleras arriba: "El sargento Miller ha venido a verte".

Ella se quedó de pie en la puerta, mientras Miller estrechaba la mano de Gerald y le entregaba una Mención Ciudadana.

"Nos has ayudado a resolver un caso", dijo Miller. "Sigue haciendo un trabajo excelente".

"¿Puedo haceros una foto a los dos?". preguntó Judy.

Miller asintió y él y Gerald charlaron mientras ella bajaba las escaleras y volvía a subir con el teléfono en la mano.

"Di queso", dijo.

Después de unas cuantas fotos, Miller se despidió y se fue a casa. Esperaba pasar una noche tranquila con su mujer; lo que no sabía era que ella le tenía preparada una gran fiesta sorpresa de jubilación.

Agradecimientos

Gracias por leer El hijo de todos, cuyo primer borrador escribí durante el Mes Nacional de Escritura de Novelas, allá por 2013.

Una vez terminado el primer borrador, hice algunas correcciones menores y lo envié a algunos lectores beta para ver cómo podía mejorarse y si les gustaba. A cuatro de los cinco lectores (que eran colegas autores) no les gustó Katie ni Benjamin y querían que reescribiera los personajes para que se parecieran más a sus propios hijos, etc. Me las llevé para reflexionar sobre ellas mientras trabajaba en otros proyectos.

Al final, decidí mantenerme firme. Otros autores podían escribir sus personajes como quisieran. Si todos escribiéramos nuestros personajes de la misma manera, ¿qué sentido tendría? Eran mis personajes y me habían elegido para contar sus historias. Tenía que contar sus historias de la forma en que ellos querían que se oyeran. En ese sentido, mis personajes y yo estábamos sincronizados.

Lo que me llevó a buscar una editora de desarrollo y encontré una excelente, por cuya ayuda y aliento le estaré siempre agradecida.

Pero El hijo de todos aún no estaba terminado. Necesitaba que lo leyeran nuevos lectores beta y así fue. Esta vez les hice preguntas y, en particular, me preocupaban las migas de pan. ¿Había dejado suficientes por el camino para conducir al lector a la impactante conclusión? Uno de cada cinco lectores pensó que había dado demasiadas pistas y me pidió que redujera el número de migas de pan. Quizá te interese saber que se equivocó al principio, pero al releerlo captó más pistas de las que había dado.

Me gustaría aprovechar esta oportunidad para agradecer a mis correctores, lectores beta y editores su compromiso conmigo y con este proyecto. Vuestras aportaciones han sido valiosas, tanto si he aceptado vuestras sugerencias como si no. Por ayudarme a hacer de El hijo de todos lo mejor posible. Quizá Stephen King podría haber hecho/hubiera hecho más. Pero yo no soy Stephen King. Soy una autora independiente, empleada única y fundadora de Stratford Living Publishing.

Gracias también a la familia y a los amigos que me apoyaron en la oscuridad.

Y como siempre, ¡feliz lectura!

Cathy

Sobre el autor

Autora multipremiada, Cathy McGough vive y escribe en Oakville,
Ontario, Canadá, con su marido, su hijo, sus dos gatos y un perro.
Si quieres enviar un correo electrónico a Cathy
puedes ponerte en contacto con ella aquí:
cathy@cathymcgough.com
A Cathy le encanta
sus lectores.

También por:

FICCIÓN
El secreto de Ribby
13 relatos cortos (entre ellos :
***El paraguas y el viento**
***La revelación de Margaret**
***Vino de diente de león (FINALISTA DEL PREMIO AL**
LIBRO FAVORITO DE LOS LECTORES))
Entrevistas con escritores legendarios del más allá
(2° LUGAR MEJOR REFERENCIA LITERARIA 2016
EDITORIAL METAMORPH)
La diosa de las tallas grandes

NO FICCIÓN

103 ideas de recaudación de fondos para padres
voluntarios con
Escuelas y Equipos (3er LUGAR MEJOR REFERENCIA
LITERARIA 2016 EDITORIAL METAMORPH)
+ Libros para niños y jóvenes